MÁS ALLÁ DE LA ACERA AGRIETADA

MARYANN MILLER

Traducido por
SANTIAGO MACHAIN

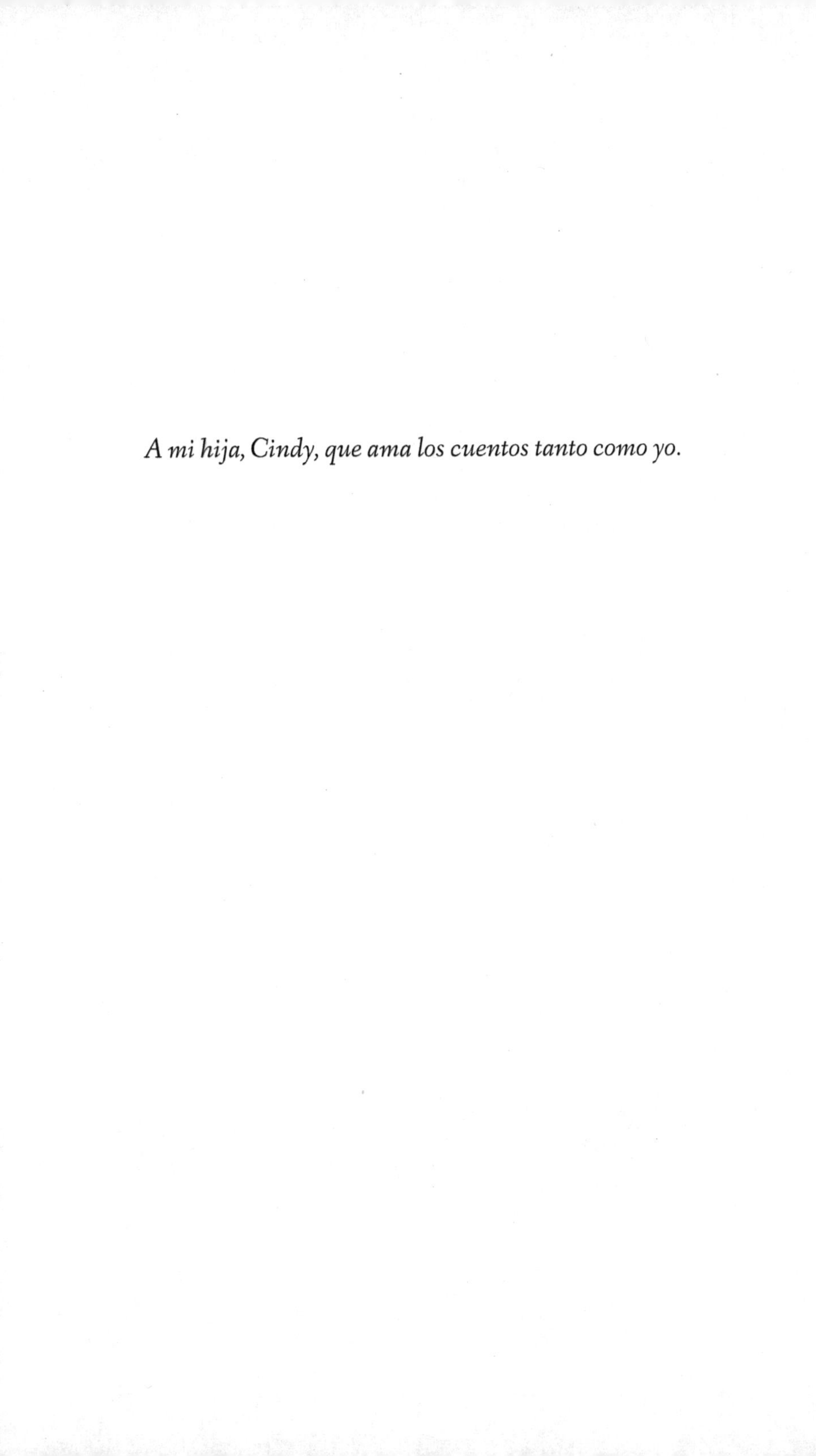

A mi hija, Cindy, que ama los cuentos tanto como yo.

Nota De La Autora

He escrito relatos cortos de forma intermitente durante la mayor parte de mi vida, y tres de los incluidos en esta colección los escribí hace algunos años; otros, más recientemente. La mayoría de los relatos exploran algún aspecto de la vida, el amor y la muerte, que para mí son tres elementos que definen nuestra existencia humana en muchos sentidos. Uno de los relatos, *Sobre el umbral*, no encaja del todo en ese molde y fue escrito cuando mi musa me sugirió algo parecido a una historia de la "Twilight Zone". En *Going Back*, un padre y un hijo intentan reconciliar una relación fracturada, al igual que una madre y una hija en *A Coming Of Age. La* historia que da título al libro, *Más allá de la acera agrietada, aborda* el tema de los sin techo desde la perspectiva de los jóvenes adolescentes. Espero que disfruten conociendo a estos personajes tan diferentes y echando un vistazo a sus dispares vidas. Cuando termines de leerlo, sería un gran honor que dejaras una breve reseña en Amazon.

Gracias,

Maryann

CONTENIDO

VOLVER

CON UN ESTRUENDO bajo y constante, el último tren de la noche salió de la estación y bajó a toda velocidad por la vía. Ahora la estación estaba desierta, excepto por el solitario hombre que se quedó fumando un cigarrillo y mirando el tren mientras las luces de los vagones de pasajeros se deslizaban en la oscuridad. A Mike siempre le sorprendía que el corto viaje en tren de dos horas desde Dallas pudiera ser tan parecido a retroceder en el tiempo. En cualquier momento esperaba que un grupo de bandoleros saliera de la noche a lomos de caballos poderosos y detuviera el tren antes de que se perdiera de vista. El escenario era muy del Viejo Oeste, e incluso recordaba cuando una compañía cinematográfica había filmado un asalto al tren allí mismo a principios de los años sesenta.

Había pasadouna eternidad.

Era el 14 de abril de 1970 y Mike O'Leary acababa de volver de Vietnam. Era muy diferente del joven entusiasmado que había visto el rodaje de aquel western. Y del niño que había escuchado a su padre hablar de su regreso a casa después de la

Gran Guerra. Así solía llamar el ala Segunda Guerra Mundial, "La Grande".

"Esa fue la que convirtió a todos los hombres en héroes", le dijo su padre, dándole una palmada en la espalda con una gran dosis de valentía. "Chico, todavía puedo recordar las multitudes vitoreando cuando el barco de tropas atracó. Y el desfile de cintas de teletipo. Y toda la emoción. Toda esa gente animando y saludando para demostrar lo mucho que nos apreciaban por lo que habíamos hecho por ellos".

A Mike siempre le había gustado escuchar esas historias, pero para él sólo eran eso. Historias. No eran más reales que los libros de aventuras que solía leer, y hacía años que no pensaba en ellas. Hasta su propia vuelta a casa.

No hubo desfiles. No hubo multitudes que lo aclamaran. Ni siquiera una cara amable al bajar del avión en el aeropuerto de Los Ángeles. La gente echó un vistazo a su uniforme y se dio la vuelta. Algunos con disgusto y otros con simple desprecio, como hacen algunas personas cuando miran a un niño. Nadie le saludó, ni le dio la mano, ni le dijo una palabra amable mientras recorría medio mundo para volver a casa.

Quería gritarles: "¡Mírenme! ¡Háblenme! Háganme creer que todas esas vidas no se desperdiciaron allá en esa selva. Háganme creer en algo, en cualquier cosa... en mí mismo".

Pero no gritó. Se limitó a continuar su solitario viaje de vuelta a casa, un hombre enfadado, amargado y desilusionado que no podía decidir hacia dónde dirigir su ira.

¿Debía enfadarse por el irónico giro del destino que siempre le había impedido estar a la altura de su padre? Ese mismo giro irónico del destino que había hecho que a su guerra faltase toda la claridad de objetivos de la guerra de su padre? ¿O debería estar desilusionado con la gente que establece los estándares por los que se mide a los hombres? ¿O con si mismo porque todavía le resultaba tan difícil defender al hombre que era, que todavía se esforzaba por ser el hombre que su padre siempre había querido que fuera?

¿O debería estar amargado por el golpe de suerte que le había hecho salir ileso de dieciocho meses de combate, mientras a su alrededor hombres buenos y decentes dejaban su vida y su sangre en aquel campo de batalla? Quizá los que murieron allí fueron los afortunados después de todo. No hubo supervivientes de la guerra. Sólo hombres que volvieron a casa con un uniforme en lugar de una bolsa de plástico verde.

Mike sabía que su padre estaría orgulloso de su historial de guerra y de las medallas en cajas negras, escondidas en su morral. Dos piezas de plata que eran un mudo testimonio de su valor y su hombría. Pero, ¿comprendería su padre la realidad del miedo desgarrador y la temblorosa incertidumbre que negaba esa hombría?

¿O tal vez debería estar amargado por su relación con John, que lo había sostenido a través de todo, revelando una parte de sí mismo que Mike había negado cuidadosamente desde que tenía quince años?

Mientras Mike estaba allí respirando profundamente el aire fresco y limpio, se dio cuenta, casi instintivamente, de que lo que quedaba de la tenue relacion entre padre e hijo pendía de un hilo en este regreso a casa.

Apagó su cigarrillo sobre los viejos y chirriantes tablones del andén, se echó la bolsa de viaje sobre los anchos hombros y se dirigió a la estación. Al acercarse, reconoció la maltratada camioneta aparcada delante. Era el mismo montón de metal oxidado y abollado que les había llevado a él y a sus amigos por el pueblo vaquero de Comanche durante años. Entonces Mike distinguió la figura de un hombre apoyado desenfadadamente en el lateral de la camioneta. Era imposible confundirlo con otra persona. Incluso en la oscuridad, Mike reconoció la poderosa presencia de Tom O'Leary.

El hombre mayor, vestido con Levi's, sombrero Stetson y botas, se elevó hasta su impresionante metro ochenta mientras veía a su hijo acercarse. Por un momento, no estuvo seguro de que fuera Mike. Había cambiado, se había hecho más alto y había añadido algo de músculo. Y Tom se preguntó qué horrores habían causado las duras líneas de la cara de Mike. ¿O era algo más que eso? ¿Era ese algo intangible que le había preocupado desde que tenía memoria? Los amigos de Tom siempre habían ignorado respetuosamente la falta de entusiasmo Mike por los «esfuerzos masculinos», pero Tom sabía lo que habían estado pensando. Con este regreso a casa, Mike podría probarse a sí mismo una vez por todas, y Tom sabía lo que estaba en juego tanto como Mike.

"Mike... Mike... me alegro de que estés en casa", dijo Tom. "Nunca sabrás lo preocupados que nos hiciste. ¿Cómo estás?"

Mike estrechó la mano callosa de su padre. "Estoy bien, papá. Muy bien".

Tom miró a su hijo durante un largo momento. Las ojeras de Mike y la oquedad de sus mejillas no escaparon a su sagaz escrutinio. "¿De verdad? Te ves terriblemente cansado y delgado".

"Estaré bien con un poco de descanso y algo de buena comida".

"Entonces será mejor que nos vayamos. Pon tu equipaje en el maletero y sube a bordo".

Los dos hombres recorrieron el camino de grava en silencio. Mike sintió que su padre se sentía tan incómodo como él, y dudó en invadir la intimidad del mayor.

"Bueno", dijo por fin su padre, con su voz áspera rompiendo el silencio como un látigo. "Algunos de los muchachos han pensado que podríamos hacer una barbacoa mañana por la noche. Para celebrar tu regreso a casa y para que nos cuentes todo lo que pasó".

"Eso está bien, papá, pero no creo que esté preparado para eso".

"Claro. Si estás muy cansado, podemos hacerlo otra noche".

Mike dudó un momento y luego dijo: "No es eso. Es que no quiero hablar de ello todavía".

La firmeza en la voz de Mike hizo que Tom frenara su siguiente respuesta y siguiera conduciendo en silencio.

Cuando pasaron por las dependencias del rancho Lazy L y se acercaron a la casa principal, Tom lo vio todo con orgullo y un sentimiento de pertenencia llenó cada fibra de su ser. Era como volver a casa de la iglesia y ponerse las botas y los vaqueros. El rancho tenía algo de apropiado, adecuado y cómodo, y era el único lugar en el que Tom se sentía completamente en casa. Lo único que lamentaba era que su mujer, Mattie, desaparecida desde hacía diez años, no hubiera vivido para disfrutarlo con él.

Mike lo vio todo como si fuera un extraño que está de visita.

La casa era tal y como la recordaba; alta y majestuosa, parecida a las enormes mansiones que adornaban las plantaciones del sur, y se sintió conmovido por su apacible belleza. Pero nunca pensó que fuera suya, que le perteneciera a él o él a ella. No como lo hacía su padre. El único lugar que le daba a Mike un sentido de pertenencia era la pradera donde trabajaba con el ganado. Las demás cosas consideradas masculinas le hacían sentirse como un extraño.

Tom apagó el motor. El único sonido que se oía era el del viento nocturno que susurraba entre los álamos que empezaban a deshojarse. Era una escena tranquila, y ninguno de los hombres parecía tener prisa por entrar en la casa. Permanecieron sentados en silencio durante unos momentos y luego Tom se dirigió a Mike. "Si no quieres hacer una barbacoa, no tenemos que hacerlo. Es tu decisión".

Mike miró rápidamente a su padre. "¿ De verdad, papá? ¿ Es mía de verdad?"

"Por supuesto. Ahora eres un hombre y te has ganado el derecho a ser tu propio jefe. Entiendo por lo que has pasado, y si quieres unos días..."

"Es más que eso", dijo Mike. "No sólo la guerra".

De nuevo, había una dureza en la voz de Mike que parecía estar advirtiendo a Tom, pero esta vez le plantó cara: "¿Qué quieres decir?"

"Las diferencias. Los conflictos. Las barreras que siempre se han interpuesto entre nosotros".

Tom negó con la cabeza. "Nunca quise que fuera así", dijo, con voz dura. "Intenté hacer que las cosas funcionaran entre nosotros".

"Algunas cosas no son tan fáciles de manipular como otras", dijo Mike, con cuidado de no levantar la voz. "No se puede manejar la vida como manejas este rancho".

Tom le miró con el ceño fruncido a su hijo. "¿Tenemos que pelearnos la primera noche de tu regreso?"

Mike suspiró. "No quiero discutir, papá. Tampoco lo hice en el pasado. Pero es hora de que nos entendamos. La única manera de hacerlo es hablando. Sin enfados. Sin gritos. Sólo hablar".

Tom pareció reflexionar sobre las palabras de Mike durante unos minutos, luego salió de la camioneta y caminó por el patio con las manos metidas en los bolsillos de sus vaqueros.

Después de un momento, Mike salió y se acercó. "Podríamos al menos entrar y tomar una copa".

"Claro, hijo". Tom se volvió hacia Mike con evidente alivio. "Debes estar muy cansado después de un viaje tan largo".

Tom sonrió, pero Mike notó que los ojos de su padre seguían preocupados. Tocó al anciano ligeramente en el hombro, luego sacó su bolsa de la camioneta y se dirigió al interior. Llevó sus cosas a su habitación en el segundo piso. Seguía siendo la misma que cuando se había marchado hacía algo más de tres años, y la cosa le hizo sonreír.

Después de ir al baño, Mike volvió a bajar las escaleras y se reunió con su padre en el estudio. La habitación, grande y confortable, contaba con muebles pesados y de cuero, y sobre la chimenea de piedra había trofeos de caza. Definitivamente era una habitación para hombres, desde el bar bien surtido hasta el armario de armas de roble en la esquina con suficientes armas para equipar a un grupo de buen tamaño.

Mike se sentó en uno de los sillones frente a la chimenea y Tom se acercó para entregarle un vaso con una generosa cantidad de bourbon puro. "Por tu regreso seguro". Tom levantó el vaso y bebió un buen trago. Luego dejó el vaso sobre la mesa, se sentó frente a Mike y sacó un puro del humidificador.

"Nada en el mundo como un buen bourbon de Kentucky y un buen cigarro". Tom cortó el extremo del puro y lo probó. Empujó la caja hacia Mike. "¿Quieres uno?"

"No gracias, seguiré con los cigarrillos". Mike se removió en su asiento, deseando sentirse más cómodo en la habitación, pero nunca le había gustado este lugar. Todo era demasiado grande y demasiado recargado, pero parecía sentarle bien a su padre. Mientras el hombre preparaba las bebidas y el cigarro era como si la esencia misma de la sala se filtrara en él y lo convirtiera en una persona completa.

La voz de Tom sacó a Mike de su contemplación. "¿Tienes algún plan ahora?"

"Nada definitivo. Me gustaría ayudar por aquí durante un tiempo. Después decidiré lo que quiero hacer".

"Seguro que nos vendría bien una mano extra ahora mismo". Tom se levantó y llevó los vasos a la barra para rellenarlos. "Vamos a traer a los terneros para marcarlos".

"Sabía que ya era hora. Por eso pensé en quedarme un tiempo".

"Para ser sincero, esperaba que te quedaras mucho más que un rato".

"Lo sé", dijo Mike, aceptando el vaso de su padre. "Pero puede que este no sea mi sitio..."

"¡Diablos! No es cuestión de pertenecer. Este rancho es tan tuyo como mío".

Mike apartó la mirada sin responder.

Los segundos seguían corriendo en un silencio incómodo, y entonces Tom preguntó: "Entonces, ¿qué es lo que quieres hacer?"

"Realmente no lo sé". Mike suspiró y volvió a mirar a su padre. "Sólo necesito tiempo para arreglar todo lo que ha pasado".

"No quiero presionarte, pero..."

"Entonces no me presiones, papá, por favor". El rostro de Mike llegó a ser sombrío, y la amargura en su voz sugirió a Tom que se retirara.

"De acuerdo", dijo Tom con un esfuerzo de jovialidad. "No presionaré más. Podemos hablar de ello más tarde. Cuando estés preparado. Ahora mismo, agradezcamos que estés en casa".

Tom levantó su vaso en señal de saludo y los dos hombres terminaron sus bebidas. Luego Mike se puso de pie y llevó su vaso vacío a la barra. "Estoy agotado. Creo que me iré a la cama".

Durante varias semanas Mike trató de perderse literalmente en el trabajo. Cabalgaba junto a los jornaleros en los rodeos de primavera y hacía más de lo que le correspondía en el marcado. Esta era la parte de la vida del rancho que Mike siempre había disfrutado: el trabajo. No había nada mejor que estar al aire libre con el sol pegando sobre él y el fuerte olor animal de los caballos y las vacas impregnando el aire. Sensación de un buen caballo trabajando con él como una sola unidad, cortando y enlazando, y la suave brisa que secaba el sudor que acumulaba en ambos. Y le gustaba cómo su cuerpo respondía a sus exigencias. Ni siquiera le importaba la rigidez y el dolor de sus músculos al final del día. En cierto modo, eso era muy satisfactorio. A menudo había pensado que si pudiera ser simplemente un trabajador contratado, se sentiría muy a gusto aquí.

Como un vaquero más, no tendría que esforzarse tanto por olvidar ese defecto básico que le separaba de todos los demás hombres. Podría ir de un lugar a otro. Nadie tendría que saberlo. Y si se descubriera la verdad, no importaría, podría seguir adelante. Pero ahora, no quería seguir adelante. Quería quedarse. Encontrar una manera de hacer que las cosas funcionaran.

Mike deseaba que su madre siguiera viva. Algo en su interior le decía que ella lo habría entendido, y que había sido la única persona en el mundo con suficiente influencia para obligar a su padre a ser razonable en algunas cosas. Pero ella se había ido, y no tenía sentido desearlo. Si desear significara algo, podría simplemente desear que todo desapareciera.

Una tarde, mientras estaba sentado solo en el exterior, escuchando el suspiro del viento a través de un grupo de pinos y escuchando de vez en cuando el aullido lejano de un coyote, Mike se dio cuenta de que tenía que dejar de pensar en lo que tenía que hacer y simplemente hacerlo. Contarle a su padre y esperar lo mejor. Durante las últimas semanas, había empezado a sentir una afinidad con el rancho que nunca había experimentado antes, y pensó por primera vez en su vida que podría quedarse aquí a largo plazo. Si su padre lo aceptara.

Varios días después, Mike miró a través de la puerta abierta del estudio de su padre y lo vio sentado en el enorme escritorio de roble, haciendo anotaciones precisas en un libro de contabilidad.

"Papá", dijo Mike mientras daba un par de pasos tentativos hacia la habitación. "¿Estás ocupado?"

"Nunca hay demasiado trabajo". Tom cerró el libro de contabilidad y se acercó a la barra. "¿Quieres un trago?"

"Claro. Bourbon".

Tom mezcló las bebidas, le dio un vaso a Mike y se sentó. "Estamos teniendo un buen año. Los números han subido mucho".

"Me alegro de oírlo". Mike levantó su vaso en señal de saludo.

Los hombres se sentaron en silencio durante unos minutos, sorbiendo el líquido ámbar, y luego Tom preguntó: "¿Qué tienes en mente?"

"Antes preguntaste por mis planes. Así que ahora me gustaría decírtelos".

"De acuerdo, vamos a tenerlo".

Mike dio un gran trago a su bebida y luego dijo: "Quiero quedarme aquí en el rancho".

"Bueno, hijo, eso me hace muy feliz".

"Sé que te he puesto las cosas difíciles antes. Siempre hablando como si quisiera irme para siempre. Pero ahora sé que no hay otro lugar en el que preferiría estar. Aunque nunca seré el tipo de ranchero que tú eres".

Tom levantó su vaso en forma de saludo. "Eso llegará con el tiempo, Mike".

"No, papá. No será así. Somos dos personas diferentes. Ya es hora de que ambos lo aceptemos". Mike agitó el líquido ámbar en su vaso. "He aprendido algo sobre mí mismo en los últimos tres años". Hizo una pausa, tomó aire y continuó. "No puedo esperar que lo entiendas o lo aceptes. A mí también me sigue costando".

Mike volvió a dudar y el silencio se cernió sobre la habitación como nubes pesadas antes de una tormenta. Tom se acercó a la barra y sirvió otro trago, con un poco de líquido que se deslizaba por el borde. Observando, Mike vio que la compostura de su padre estaba decayendo. Le temblaban las manos cuando se llevaba el vaso a los labios. Se quedó allí, como intentando distanciarse de lo que Mike pudiera decir. ¿Ya lo sabía?

Mike casi pierde los nervios. Tal vez sería mejor no decirlo. ¿Podría soportar ver esa torre de orgullo desmoronarse ante sus ojos? ¿Sería uno de los dos una persona completa después? Sintió que la rabia crecía en él como lo había hecho mil veces antes. Quería que todo desapareciera. Que se convirtiera en una pesadilla de la que pudiera despertar. Así no tendría que sufrir esta agonía ni infligirla a nadie más.

"¡Por Dios!" Mike arrojó su vaso contra la chimenea, donde se estrelló en un millón de pedazos, los fragmentos de vidrio salpicaron las grandes piedras grises del hogar.

Tom se giró y se paró frente a Mike. "¿Qué es tan horrible que no puedes decirlo?"

Mike devolvió la mirada de su padre, y pensó que ésta podría ser la última vez que su padre lo mirara con algún tipo de orgullo. Pasó un minuto entero antes de que pudiera hablar. Sin dejar de mirar, dijo: "Papá, nunca voy a ser como tú. No puedo ser como tú... Soy gay".

La voz de Mike había sido apenas un susurro, pero Tom escuchó las palabras retumbando en su cabeza como una manada de ganado en estampida. Quería gritar y chillar y arremeter contra esas mismas palabras que . Las náuseas subieron por su garganta y, por un breve instante, pensó que podría vomitar. No podía ser cierto. Este era su hijo... carne de su carne... no podía ser un... un...

A Tom le resultaba imposible decirlo . Le repugnaba. No pudo soportar la dolorosa mirada de Mike, así que se apartó. La última vez que había visto ese tipo de dolor, había disparado al pobre coyote que había intentado escapar de las mandíbulas de acero de la trampa que lo mantenía cautivo.

"Yo no quería que fuera así", dijo Mike con una voz ronca que penetró lentamente en la niebla de miseria que envolvía la conciencia de Tom. "Haría cualquier cosa para cambiarlo. Retroceder el tiempo y hacer surgir el hijo que siempre quisiste. Pero no puedo. Dios sabe que lo he intentado. Y entenderé si quieres que me marche".

Mike se dio la vuelta y empezó a caminar hacia la puerta.

"Espera".

Mike se detuvo, pero no se dio la vuelta.

"No sé qué decir". La voz de Tom estaba ahogada por la emoción. "No puedo creerlo. No quiero creerlo".

"Yo tampoco quiero", dijo Mike en voz baja. "Siempre tengo la esperanza... y a veces no me agrada mucho. Pero aun así... ya está".

Tom se quedó mirando la rigidez de la espalda de su hijo y se dio cuenta, con una repentina angustia, de que allí estaba su único vínculo con el pasado o el futuro. Se acercó y puso una mano tentativa en el hombro de Mike. Pudo sentir cómo los músculos de Mike se tensaban bajo la tela de su camisa, mientras se mantenía en rígido control. "Dame un poco de tiempo", dijo Tom.

Mike asintió con la cabeza, sin darse la vuelta para mirar a su padre. "Subiré un rato a la vieja cabaña de caza. Nos daremos tiempo".

Tom no respondió.

"Me llevaré un caballo y me iré por la mañana". Mike salió de la habitación sin mirar atrás.

Tom se puso en pie, incapaz de mover sus temblorosas piernas. Sus entrañas estaban vacías, y una ola de soledad lo bañaba, más intensa que cuando Mattie había muerto. Podía recordar cada minuto, cada segundo de aquel horrible día, y nunca pensó que pudiera sentir más angustia que aquella.

"Oh, Mattie", dijo suavemente. "¿Qué voy a hacer?" Intentó imaginar cómo reaccionaría ella si estuviera allí. ¿Qué diría?

Después de tambalearse hasta su silla y dejarse caer en ella, se dio cuenta de lo que ella diría. " Es nuestro hijo, y nada puede cambiar eso".

Escuchó las palabras claramente en su mente. Desafiándolo, incluso retándolo.

Tom se acercó a la barra, preparó otro trago y lo llevó a la silla frente a la chimenea. El fuego casi se había apagado, pero una pequeña llama aún parpadeaba con vida. Se reflejaba en los vidrios rotos que cubrían la chimenea de piedra, y los fragmentos brillaban como el rocío de la mañana.

Le sorprendió un poco que lo viera así. Nunca le gustaron los pensamientos poéticos. Como era un hombre de acción, dejaba las cosas intelectuales para los hombres de los libros y los estudios superiores. Pero parecía haber algún significado aquí. Algo que su mente estaba tratando de decirle. Para ayudarle a entender que tenía una opción. Dejar la relación rota, o intentar recomponerla. ¿Podría encontrar el valor para amar a su hijo y aun así sentirse repugnado por su homosexualidad?

Ya está. Lo había dicho. Mi hijo es homosexual. Casi podía ver a Mattie sonriéndole.

Dejó su bebida sobre la mesa, apagó la luz y subió la escalera oscura. A mitad del pasillo, se detuvo ante la habitación de Mike, cuya puerta estaba ligeramente entreabierta. Pudo ver a su hijo a través de la pálida luz de la luna que se filtraba por la ventana. Mike dormía con dificultad y, mientras lo observaba dar vueltas, le recordaba al niño que solía soñar con fantasmas y duendes. El niño que corría hacia su padre para que lo consolara, creyendo que Tom podía ahuyentar a los fantasmas.

Tom sabía que el mismo niño seguía dentro de Mike, y Tom deseaba con todo su corazón poder ahuyentar el fantasma que ahora perseguía a su hijo. El fantasma que los perseguiría a ambos durante mucho tiempo. Pero sabía que no podía hacerlo. No podía alejar este problema de ninguno de los dos. De alguna manera, tenían que aprender a vivir con ello. Podrían pasar toda la vida intentándolo, y tal vez no lo consiguieran, pero al menos tenían que intentarlo. Y el primer paso para Tom estaba ahí para que lo diera.

NO HAY TIEMPO PARA MORIR

"OH, YO... OH, DIOS MÍO... OH..." Los gemidos inquietantes y fantasmales llenaban la habitación, pero no sabía de dónde venían. Para detener el tumulto de pensamientos nublados, hice que mi cuerpo se quedara quieto, y el canto cesó. ¿De dónde venía?

Mi mente luchaba por la claridad, pero seguía balanceándose, deslizándose hacia el delirio como una serpiente que se adentra en la oscuridad de su agujero. Lo sé. Lo estoy imaginando. No. Ahí está de nuevo.

"Oh, querido... no... no..." Las palabras resonaron y volvieron a resonar en la oscuridad.

Abrí los ojos y la realidad se deslizó suavemente. El final estaba cerca, pero aún no había sucedido. El dolor punzante en el pecho me recordó que aún estaba vivo. Esperando. Había alegría en el dolor, pero también una triste decepción. Sería mejor que la cosa terminara.

Entonces una nube de miedo me invadió como una ola asfixiante y llamé a la enfermera.

No quería estar solo con ese miedo.

———

"Maldita sea", murmuró Nancy mientras los gemidos aumentaban de volumen. "¿Por qué no se calla?"

Tragándose su impaciencia, Nancy se deslizó fuera de la cama y caminó por el duro suelo de baldosas hasta el otro lado de la habitación. Era la primera vez que se atrevía a acercarse desde que la habían ingresado. Se había dicho a sí misma que era por respeto a la intimidad de la mujer, pero sabía que no era así.

Ahora, el tono urgente de la voz de la anciana la atrajo como una sirena.

La tristeza se apoderó de su corazón en un doloroso apretón mientras Nancy miraba al frágil y esquelético personaje que apenas formaba un montículo bajo la manta. Salvo por el tenue ascenso y descenso de un delicado pecho, la mujer podría estar muerta, y para Nancy era demasiado parecido a ver a su abuela yaciendo tan quieta en un ataúd dos años atrás. "Maldito seas", susurró a unos oídos que no la escuchaban. "Maldito seas por hacerme recordar".

Queriendo escapar del pasado y del presente, Nancy se dio la vuelta, pero se detuvo cuando la anciana movió la mano. El movimiento fue un ligero aleteo, como el de una mariposa que levanta el vuelo, y Nancy no pudo resistir el impulso de extender la mano.

"¿Emily? ¿Eres tú?"

La voz ronca rompió el silencio, el sonido sorprendió a Nancy tanto como las palabras. ¿Quién demonios era Emily?

Otro susurro la distrajo, y Nancy se volvió para ver a una enfermera pasar por la puerta. La mujer de mediana edad miró a Nancy con el cansancio pellizcando su rostro. "¿Qué haces fuera de la cama?"

"No podía dormir", respondió Nancy, apartándose del

camino de la enfermera. "Me levanté para ver si había algo que pudiera hacer".

"Su médico le ordenó reposo en cama". La enfermera se puso guantes de látex y luego introdujo la aguja de una jeringa en el puerto intravenoso de la anciana. "Déjenos ocuparnos de los otros pacientes".

Después de que la puerta se cerrara tras la enfermera, la habitación volvió a sumirse en una tranquila oscuridad.

———

"Por favor, no me dejes... ¡por favor, no me dejes!" Ahí estaba de nuevo. Ese terrible gemido. Abrí los ojos e intenté determinar de dónde procedía el sonido, pero no se distinguía nada entre las luces y las sombras que flotaban en la habitación. Todo parecía estar suspendido en el tiempo, como objetos lanzados al azar en los confines del espacio.

"¿Por qué no estoy muerta todavía? Estoy lista".

¿He dicho eso?

No lo sé.

Tal vez.

Luego, con la siguiente respiración, la niebla se disipó y volví a ser muy consciente del dolor. Un dolor que me hizo ver la realidad con claridad: la lámpara opaca del techo, la silla vacía del otro lado de la habitación, el tubo que goteaba vida en mi brazo, el débil silbido del oxígeno que recordaba a mis pulmones que debían respirar.

Sentí que el dolor cortaba profundamente, como si utilizara un bisturí para llegar al núcleo de mí ser. En un momento el dolor sería insoportable. Entonces tendría que llamar a la aguja, que afortunadamente traería alivio.

Inmisericordemente, también me devolvería a la inexistencia.

———

Los sonidos de angustia llenaron la habitación, despertando de nuevo a Nancy. Al darse cuenta de que el ruido provenía de la anciana, Nancy echó las sábanas hacia atrás y corrió hacia la otra cama. La mujer parecía agitada por el dolor, que sacudía su frágil cuerpo de un lado a otro. Nancy se aferró a los frágiles hombros, tratando de calmar los golpes y luchando contra el terrible temor de que algún hueso frágil se rompiera en sus manos. Pero no podía ignorar la angustia, ¿verdad?

Nancy se giró cuando oyó que la puerta se abría de nuevo, acompañada de las suaves palmaditas de unos pasos que se acercaban. El corazón le latía tan fuerte que pensó que se le saldría del pecho mientras se apartaba, preparada para la reprimenda que no llegó. La enfermera comprobó que todo estaba bien, medicando a la mujer y esperando unos minutos para que el sedante calmara la agitación, y luego se fue.

Un suave suspiro atrajo de nuevo la atención de Nancy hacia la cama. Sabía que debía volver a dormir, pero un conflicto de emociones la mantuvo inmóvil hasta que la compasión se impuso. Tomando suavemente la mano de la anciana, Nancy alisó las arrugas secas de una piel tan delicada como un fino encaje antiguo. Fue un momento parecido a uno de los últimos que había compartido con su abuela, y trajo otra oleada de tristeza. Pero no era sólo por su pérdida. Una parte era por el presente, y se quedó hasta que la anciana se quedó profundamente dormida.

A la mañana siguiente, Nancy se despertó en un bendito silencio y con una cita en radiología. Agradeció el tiempo que pasó alejada de la anciana y la conciencia constante de su situación. No era asunto suyo, ¿verdad? Debería ignorarlo. Eso es lo que le decía su cabeza. Pero su corazón no dejaba de recordarle que era inconcebible que esa mujer estuviera sola en este lugar.

Cuando terminó la sesión de rayos X, Nancy estaba más que dispuesta a pasar unas horas en la cama. Estaba cansada de que la empujaran, la sondearan, la tiñeran y la revolvieran alrededor de una mesa fría de acero. También agradeció la oportunidad de quedarse en su habitación para poder satisfacer su curiosidad por Emily. Si era tan importante para la anciana, seguramente aparecería en algún momento de ese día.

La tarde se alargó hasta las primeras horas de la noche, y la misteriosa Emily seguía sin hacer acto de presencia. Nancy se había dormido un poco, pero estaba segura de que no se habría perdido la interrupción de alguien que entraba en la habitación.

Cuando la enfermera entró en la ronda, Nancy decidió preguntar por la familia de la anciana, concretamente por Emily.

"No discutimos los asuntos de los pacientes". La enfermera le lanzó una mirada fulminante.

"Bueno, ella sigue llamándola. Y anoche pensó que yo era esa tal Emily". Nancy devolvió la mirada con desafío. "Sería bueno saber quién se supone que soy si tenemos otra pequeña charla esta noche".

"De acuerdo". La voz apresurada traicionaba su reticencia. "Emily es su hija".

"Oh". Nancy hizo una pausa para digerir esa información. "¿No viene de visita?"

"No muy a menudo".

"Oh". Nancy volvió a detenerse. "Debe vivir bastante lejos".

"No. Pero está... bueno, está ocupada. Y eso es todo lo que voy a decir". La enfermera cerró los labios con fuerza, como si una palabra indisciplinada pudiera colarse por una rendija, y se apresuró a salir por la puerta.

Movida por un repentino impulso de compasión, Nancy se

levantó y se acercó a la otra cama. Aquella pobre anciana, tan sola y tan lamentable. Le pareció que lo más natural era acercarse y tocar de nuevo la mano de la mujer.

"¿Emily? ¿Emily? ¿Eres tú?"

Las palabras se enmarcaron en un susurro áspero, y las lágrimas brotaron de los ojos de Nancy. Esto es ridículo, pensó, pero su voz desafió su sentido común. "Sí. Estoy aquí".

La pesadez se convirtió en un dolor en el estómago de Nancy mientras sostenía la pequeña mano. No hacía falta ser una experta en medicina para reconocer que la anciana se estaba muriendo, y no podía imaginarse que ocurriera de una forma más desgraciada. Este cuerpo, que sólo llevaba uno o dos días en la morgue y estaba atado con todos esos tubos y mangueras, apenas alentaba cada nuevo latido. ¿Cómo era estar allí, hora tras hora, en estado de semiinconsciencia, esperando que llegara el último aliento y preguntándose por qué no lo había hecho todavía? ¿O acaso la anciana lo sabía o le importaba?

Sólo hay que tirar de todos los tubos. Eso es todo lo que se necesitaría. No sería como matar a alguien. Ella ya está muerta; su cuerpo sólo no ha alcanzado el concepto.

"¡No!" Nancy se apartó de ese pensamiento inoportuno y se apresuró a volver al santuario de su propia cama. ¿Cómo podía pensar algo así?

Nancy hizo un cráter en medio de su almohada y se acomodó, pero el sueño no llegó fácilmente. Su mente giraba en torno a un círculo interminable de preguntas, y los constantes recordatorios del otro lado de la habitación tiraban de ella.

El dolor de la anciana era como otra entidad que se había instalado. Era tan real que Nancy estaba segura de que podía alcanzarlo y tocarlo. El zumbido y el chasquido constantes de la máquina intravenosa sonaban como la banda sonora de una película a la espera de un poco de diálogo para satisfacer a la audiencia, pero las incoherentes divagaciones de la anciana que subían y bajaban como pájaros jugando con el viento, no ofrecían claridad a la historia.

Horas más tarde, Nancy se sumió en un sueño intranquilo, sólo para ser despertada por una pesadilla aterradora. Se tocó la cara empapada de sudor para asegurarse de que no era realmente esa anciana que había sido perseguida por personas sin rostro que intentaban exterminarla.

En su mundo onírico había corrido a toda velocidad por un callejón oscuro, pero unas criaturas fantasmales la habían seguido, ganando terreno a medida que su paso se tambaleaba. ¡Oh, Dios! La estaban alcanzando. Tropezó. Cayó. Sintió el frío cemento contra su mejilla. Vio una ola de oscuridad que venía hacia ella. "Ayúdenme. Ayúdenme", gritó aturdida, y el grito resonó en la oscura habitación del hospital.

"¡Ayúdenme! ¡Ayúdenme!"

Nancy se dio cuenta de que el grito ya no era sólo suyo. Levantándose de un salto, cruzó hasta la otra cama y miró a la anciana, sorprendida al ver la claridad de los ojos azules desvaídos que la miraban.

"¿Quién es usted?"

Nancy no sabía cómo responder. Preparada para interpretar el papel de Emily de nuevo, no estaba segura de poder manejar el verdadero. "Eh, mi nombre es Nancy. Estoy, eh, en la otra cama".

La anciana alargó el brazo y agarró la mano de Nancy con una fuerza sorprendente. "Por favor, Nancy", suplicó. "Tienes que ayudarme".

"Bueno, yo, eh... No sé qué puedo hacer". Nancy se apartó de la fuerza de la desesperación que la sujetaba.

"Por favor". La voz crujió como un celofán rígido. "Quiero morir. Por favor, déjame morir".

Entonces el momento de realidad de la anciana se plegó como una flor de la tarde y volvió a caer en la inconsciencia.

Al principio, Nancy no estaba segura de haber escuchado las palabras. Tal vez sólo quería pensar que lo había hecho. Pero en su corazón, lo sabía.

Dios, ¿qué se supone que debo hacer?

La angustia agitó a la anciana, que agitaba los brazos delgados y magullados contra la barandilla, y el corazón de Nancy retumbó en su pecho.

Ignorando las posibles consecuencias si entraba la enfermera, Nancy se sentó en el borde de la cama y recogió a la anciana en sus brazos.

Era como sostener el aire.

"¿Emily? Oh, Emily, has venido".

Nancy tocó ligeramente una lágrima que había salido del ojo de la anciana. "Sí. Ya está bien".

Guiada por un antiguo instinto impreso en el ADN por la primera mujer que había acunado a una madre moribunda, Nancy meció suavemente a la anciana, murmurando una sinfonía de palabras tranquilizadoras. Las lágrimas que empañaron sus ojos le parecieron perfectamente adecuadas.

AMAR DE NUEVO

(PUBLICADO POR PRIMERA VEZ EN LA ANTOLOGÍA
SHORT & HAPPY DE S&H PUBLISHING).

GLORIA SE APRESURÓ A ENTRAR en el Starbucks y vio a su amiga ya sentada con un café con leche. La saludó y se dirigió a la barra para tomar un café. O tal vez debería tomar un té. Algo que la calmara. Tenía los nervios a flor de piel desde la visita de Frederick la noche anterior. No podía esperar a contarle a su amiga por qué había venido.

Pidió un té de manzanilla y, cuando estuvo listo, tomó la taza y se unió a Felicia. Aquella mañana temprano, Gloria había llamado a Felicia y le había pedido que se reuniera con ella en la cafetería, tentándola diciendo que tenía una noticia increíble que compartir. Felicia le había rogado a Gloria que se lo contara de inmediato, pero Gloria la esquivó, diciéndole que tenía que decírselo cara a cara.

Ahora su amiga la miró, con la emoción brillando en sus ojos. "Bien, ¿ahora me lo vas a contar?"

"Este hombre que conozco de la escuela dominical vino a visitarme anoche".

"Vale".

"Frederick. Su nombre es Frederick".

"Vale". La mirada de Felicia indicaba claramente que no encontraba nada tan sorprendente en esto. "¿Entonces? ¿Qué tenía que decir este Frederick?"

"«He venido a cortejarte, Gloria»."

Felicia ahogó una carcajada. "¿De verdad? ¿Eso es lo que ha dicho? Hoy en día nadie habla así".

"Eso es lo que le dije".

"¿Qué? ¿Tu respuesta fue corregirlo?"

Gloria suspiró. "No le he corregido. Me limité a señalar que la gente no se corteja hoy en día. Según mi nieto, la gente simplemente se enrolla".

"Yo también he oído eso. No estoy segura de saber lo que significa".

"Yo tampoco. Pero quizá sea mejor no saberlo".

Felicia tomó un sorbo de su café y luego preguntó: "Bien. ¿Qué le has dicho?"

"Le dije que no lo sabía. Que tendría que pensarlo".

"Bueno, no lo pienses mucho. Ya no somos adolescentes. Ya ni siquiera somos cincuentones".

Gloria revolvió más azúcar en su té. "¿Qué harías tú?"

"No me preguntes a mí". Felicia se rió. " Tienes que tomar tu propia decisión".

Como Gloria no respondió, Felicia fue al mostrador a comprar un par de bollos de arándanos. Los trajo de vuelta y deslizó uno en frente de su amiga. "Entonces, dime. ¿Qué te parece que este hombre quiera *cortejarte*?"

"No estoy segura". Gloria abrió el bollo y untó la mitad con mantequilla. "Me agrada. Él y su difunta esposa eran buenos amigos, así que sé qué clase de hombre es. Se portó muy bien con ella cuando estaba enferma".

"Parece un tipo estupendo".

"Sí. Lo es. Pero somos viejos. Ya pasamos la etapa de enamoramiento".

"Gloria Keith, no puedo creer que hayas dicho eso. Tú que siempre vives la vida al máximo".

"Esto es diferente".

Gloria desvió la mirada, untando mantequilla en la segunda mitad de su pastel, y Felicia dijo: "Estás asustada, ¿verdad?"

Era una afirmación, no una pregunta. Gloria lo reconoció, pero aun así sintió la necesidad de explicarse. "¿No lo estarías? Ray ha sido el único hombre al que he amado. El único con el que he estado. Ya sabes, enganchada. ¿Y si Frederick quiere... ya sabes?"

Felicia se rió. "Sólo es una salida nocturna. Y si fue tan formal como para decir que quiere cortejarte, dudo que te pida ir a la cama en la primera cita".

"No seas grosera".

A veces Felicia podía ser un poco brusca, pero eso siempre le había gustado a Gloria. Le habían enseñado que las señoras no dicen malas palabras ni hablan en público de lo que ocurre entre un hombre y una mujer, y la franqueza de Felicia era a veces como un soplo de aire fresco. A pesar de sus diferencias, habían desarrollado un vínculo lo suficientemente profundo que permitía a Felicia ser grosera y a Gloria ser remilgada sin mermar la amistad.

"Tengo una idea", dijo Gloria, limpiando trozos de mantequilla de sus dedos con una servilleta. "¿Deberían venir a cenar con nosotros Dave y tú . Voy a cocinar e invitar a Frederick y así no sería como una cita real".

"Pero, ¿y si quiere una cita de verdad?" Felicia sonrió. "¿Y si quiere darte un beso de buenas noches al final de la velada?"

El cuello de Gloria se calentó al pensar en ello. Y para su disgusto, también lo hizo otra parte de su anatomía. "Estás siendo grosera otra vez".

"No, no lo estoy. Piénsalo un momento. Está claro que tiene

algunas expectativas. Sólo tienes que decidir si tú tienes alguna".

Gloria dobló su servilleta en cuadrados cada vez más pequeños. "Pensé que esa parte de la vida había terminado. Después de Ray... ya sabes. Tengo casi setenta años, por amor de Dios".

"¿ Entonces te quedarás en tu mecedora en el porche trasero toda tu vida?"

Gloria intentó encontrar una respuesta, pero las palabras le fallaron.

"Esa no es la Gloria que yo conozco", dijo Felicia. "Mi amiga Gloria nunca tuve miedo de lanzarse a una nueva aventura".

Durante todo el camino de regreso a casa, Gloria pensó en lo que había dicho Felicia. *¿Será verdad? ¿Estoy demasiado asustada para considerar la idea de una nueva aventura?*

Dejó su pequeño Honda en la cochera y luego se dirigió a la puerta trasera. En lugar de pasar por la mecedora del porche trasero, se detuvo, pensando que podría sentarse un momento. Pero, de nuevo, tal vez no. Pasó la mano por el respaldo, dándole un suave empujón. Mientras la mecedora se balanceaba lentamente hacia delante y hacia atrás, Gloria se limpió las palmas de las manos sudorosas en los pantalones y entró en la casa.

Si no llamaba a Frederick ahora mismo, podría no hacerlo nunca.

LA MAYORÍA DE EDAD

JENNY SE UNIÓ a su marido en el porche y se relajó contra el respaldo del columpio mientras respiraba aliviada. El bebé por fin se había dormido y los otros dos niños estaban en la cama. Si estaban dormidos o no, Jenny no lo sabía. Tampoco le importaba.

"¿Cansada?" Preguntó Michael.

"Sí. Ha sido uno de esos días". Escondida bajo su respuesta estándar, Jenny sintió la necesidad de contarle más. Quería describir cómo se sentía aquella tarde en la que el bebé gritaba, el teléfono sonaba, la sopa se derramaba por encima de la cacerola y Danny y Matthew destrozaban el salón jugando a la guerra. Pero al intentar verbalizarlo todo parecía tan insignificante, tan parecido a una escena inventada en Medicine Avenue para vender aceite de baño.

¿Cómo podía explicar la forma en que le hacían sentir todas esas tonterías cuando ella misma no las entendía?

Ella, Jenny Corbett, había elegido la maternidad y la domesticidad y era una gran defensora de su derecho a elegir. Entonces, ¿por qué no estaba contenta? Por un lado lo sabía, pero no *entendía* del todo por qué el destino que había elegido para su vida era esa gran dicotomía entre los momentos de felicidad de mamá y el estar tan agobiada que quería tirarlo todo. Si ella no lo entendía, ¿cómo podía esperar que Michael lo hiciera? ¿Cómo iba a hablarle de ese gran nudo de miedo que se retorcía en su interior cada vez que se daba cuenta de lo fácil que era que su propia frustración la convirtiera en una repetición instantánea de su madre? No es que su madre hubiera sido horrible en ese papel. No abusó de ella ni de su hermana. Sólo que siempre estaba tan alejada, que se limitaba a hacer lo que tenía que hacer, y nunca se tomaba tiempo para hacer algo más que preparar la cena y lavar la ropa. Ser madre implicaba mucho más, y un compromiso emocional que nunca había encontrado en su propia madre.

Para tratar de explicarle todo eso a Michael, tendría que pedirle que dejara su cómodo lugar de pensar que todo estaba bien y entrara en su mundo de nebulosas preocupaciones. No estaba segura de poder hacerle eso de nuevo.

La única vez que Michael se había enfadado de verdad con ella, lo suficiente como para gritar, maldecir y tirar cosas, fue la última vez que habló de lo dolorosa que había sido la relación con su madre.

"Supéralo ya", había dicho. "Lo siento, pero los problemas son cosas reales. El abuso. Beber. Abandono. La pobreza". Hizo una pausa, como si se preguntara si debía decir algo más, y luego exhaló un suspiro. "Lo siento, Jenny. El hecho de que tu madre no te hablara no es tan significativo".

Antes de que él pudiera ver el dolor que sus palabras le infligían, o las lágrimas que no podía controlar, se dio la vuelta.

Más tarde, se dio cuenta de qué no estaba siendo insensible. Bueno, tal vez un poco. Pero realmente era un buen hombre, y ella no podía culparlo por no *entender las* cicatrices de su infancia. Alguien que procedía de una familia numerosa y bulliciosa que vivía y amaba con entusiasmo, no podía comprender la dura soledad y la sensación de aislamiento que habían perseguido su infancia.

Tal vez habría sido diferente si papá no hubiera muerto, pensó Jenny. Tal vez si mamá no hubiera tenido que criar a dos niñas ella sola, podría haber sido más como la señora Corbett.

Jenny se sacudió mientras una brisa fresca soplaba en el porche y la piel de gallina brotaba en sus brazos desnudos. Podría pasarse una eternidad jugando al juego de los «qué pasaría si». Y otra eternidad intentando reunir el valor necesario para volver a hablar de esto con Michael.

Miró su perfil, una silueta oscura contra el pálido resplandor de la luz de la calle en la esquina. Conociéndolo, probablemente estaba luchando mentalmente con algún problema en el trabajo. Se detendría a escuchar si ella se lo pedía. ¿Se atrevía?

"Sabes, es divertido". Jenny empujó sus pies descalzos contra el fresco hormigón del porche, haciendo que el columpio se balanceara lentamente hacia delante y hacia atrás. "He estado pensando últimamente..."

"Oh no", dijo Michael con una ligera sonrisa. "Cuidado mundo, Jenny está pensando de nuevo".

"En serio". Jenny frunció el ceño y luego desvió la mirada. Tal vez sería más fácil si no lo mirara. "Lo que he estado pensando es en lo mucho que la vida es igual aunque las circunstancias sean diferentes".

"No te entiendo".

"Ya sabes. Lo que le ocurre a la gente en su vida puede ser diferente, pero la gente sigue siendo gente. Sus reacciones a las experiencias vitales suelen ser las mismas". Jenny miró a Michael, perosu frente se surcó de arrugas por su ceño fruncido. Suspiró. "Quiero decir. Bueno, tomemos por ejemplo a mi madre y a mí. A veces, en medio de los niños y los problemas y la responsabilidad, puedo sentir lo que ella debió de sentir como madre joven que criaba a sus hijas. Y aunque es lo mismo en algunos aspectos, sigue siendo diferente".

"Sí. Tenemos más niños".

Ella se puso más enfática. "Ponte serio".

"De acuerdo". Le pasó una mano por la nuca. "No sabía que todo ese lío de la infancia te seguía fastidiando".

"Intento no pensar en ello". Se encogió de hombros. "Pero a veces no puedo evitarlo".

"¿Sirve de algo pensar? ¿Cambia algo?" Su tono no era acusador, pero Jenny tuvo que contener una oleada de resentimiento.

"Podría ayudarme a entender. Para salvar algo antes de que sea demasiado tarde".

Antes de que pudiera decir algo más, la puerta principal se abrió.

"Teléfono, mamá", anunció Danny, de seis años, con una voz reservada para lo que él llamaba sus situaciones de "soy un niño grande".

"Vale". Jenny se levantó, le dio a Michael una palmada en el hombro y luego siguió a su hijo en casa.

Después de espantar a Danny para que volviera a la cama, levantó el auricular del teléfono, anticipando lo que iba a decir a la persona que había elegido un momento tan inoportuno para venderle revistas. "Hola".

"¡Oh, Jenny! Me alegro tanto de que estés en casa". La voz crepitaba junto con la estática de la línea que la transportaba a cientos de kilómetros, pero Jenny seguía reconociendo a su hermana. Su corazón empezó a latir con fuerza al captar la inconfundible nota de histeria creciente. "Cheryl. ¿Qué ocurre?"

"Es mamá. Ha tenido un ataque al corazón".

"¡Oh, Dios mío! ¿Qué? ¿Cómo está?"

"Está viva. La llevamos al hospital a tiempo. El médico está con ella ahora". La voz de Cheryl se volvió estrangulada por la emoción. "Oh Jenny. Estoy tan asustada. ¿Puedes venir a casa? Te necesito".

Las palabras dejaron a Jenny en un silencio momentáneo. No estaba segura de sí era la noticia o la urgencia que oía en la voz de su hermana mayor. Era la primera vez que Jenny recordaba que su hermana le dijera que la necesitaba. Siempre había sido al revés. "Basta, Cheryl. Más despacio. Claro que iré. Pero quizá no pueda llegar hasta mañana. ¿Estarás bien hasta entonces?"

"Sí. Llama a Greg y hazle saber la información sobre tu vuelo. Uno de nosotros se reunirá contigo".

"Vale. No estoy segura de querer colgar, pero no sé qué decir".

"No digas nada. Sólo ven".

De repente, la línea se cortó y Jenny acunó lentamente el auricular. *Oh, Michael, ¿qué voy a hacer?*

Se giró y él estaba allí.

"Es mamá", dijo Jenny, con la voz apagada en el pecho de él; sus lágrimas mojando su camisa.

"Me lo imaginaba". Michael le pasó una mano tranquilizadora por el cabello.

Permanecieron así durante un largo momento, y luego ella se apartó. "Lo siento. No pensé que me desmoronaría así".

"Está bien". Michael trazó suavemente una línea por su mejilla donde acababa de viajar una lágrima. "Ve a Nueva York. Yo me encargaré de las cosas aquí".

A primera hora de la tarde del día siguiente, Jenny estaba en un avión que se dirigía al norte. Se acomodó en el asiento y cerró los ojos con la esperanza de dormir una siesta. No había dormido la noche anterior y el cansancio la invadía en grandes oleadas. Si pudiera dejar de preocuparse. Dejar de pensar.

Últimamente, sus pensamientos sobre su madre la llevaban a zonas extrañas e inexploradas. En un momento veía a su madre como una cáscara cerrada de una persona que no tenía nada que ofrecer a una niña asustada y confundida que echaba de menos a su padre y se preguntaba dónde se había ido. Jenny la niña entraba en la cocina de su pasado. "¿Mamá?"

"Ahora no, Jenny. ¿No ves que estoy ocupada? He trabajado todo el día. Estoy agotada y todavía tengo que preparar la cena. Ve a ayudar a tu hermana a poner la mesa".

Entonces, en medio de su déjà vu, Jenny se convertiría en la madre, y estaría alejando a sus propios hijos. Estaría llorando y diciéndoles que se fueran antes de que le quitaran todo.

Al darse cuenta de que no iba a poder dormir, Jenny sacó la revista del bolsillo del asiento que tenía delante y empezó a hojearla. Cualquier cosa, incluso los anuncios de productos de belleza que nunca usaría, sería mejor que permitir que su mente siguiera por ese tortuoso camino.

Cuando el avión de Jenny aterrizó en LaGuardia, Cheryl estaba en la puerta de embarque para recibirla, y las dos hermanas se abrazaron torpemente. Había pasado mucho tiempo. Casi cinco años.

"¿Qué tal el vuelo?" preguntó Cheryl mientras se abrían paso entre la multitud que se agolpaba en el concurrido aeropuerto.

"Estuvo bien". Jenny deseaba que fueran el tipo de hermanas que pudieran compartir una charla ociosa sobre el viaje. Tal vez reírse del tipo que se le insinuó en el avión. Pero ese tipo de conversación no era natural para ellas. Nunca habían compartido mucho. A veces su hermana, tres años mayor que ella, parecía tan distante e inaccesible como su madre.

"¿Cómo se encuentra mamá?" Preguntó Jenny.

"Por ahora se está manteniendo. El médico dijo que los próximos días marcarán la diferencia".

Jenny asintió y buscó en su bolso los cheques de equipaje. "De acuerdo. Cojamos mi equipaje y vayamos al hospital".

Cheryl se hizo cargo con una eficiencia de hermana mayor que Jenny recordaba bien, y pronto se instalaron en la vieja camioneta de Cheryl, con su maleta en la parte trasera y un vaso de bebida de McDonald's desechado en el suelo del lado del pasajero. "Disculpa el desorden", dijo Cheryl, cogiendo el vaso y tirándolo por encima del hombro en el asiento trasero. "Con todo lo que ha ocurrido..."

"Está bien", dijo Jenny. "No es que no haya visto lo mismo en mi coche".

Cheryl le dedicó una sonrisa desganada y comenzó a avanzar.

Mientras el coche se unía a la corriente de tráfico de Grand Central Parkway y avanzaba con estrépito, se hizo un silencio entre las hermanas, pero no era un silencio cómodo. Jenny vio pasar las vallas publicitarias y los edificios, e intentó pensar en algo, cualquier cosa, que decir. No siempre había sido así. Estos largos y dolorosos silencios. Hubo un tiempo, hace mucho tiempo, en el que habían hablado. Cuando se reían juntas por pequeñas locuras. Todos lo habían hecho. Incluso su madre. Pero eso había sido antes...

Aunque Jenny sólo tenía cinco años cuando murió su padre, aún podía recordar cómo había sido su vida antes de aquel fatídico día. Y aún podía recordar el abrupto cambio que se produjo casi en el mismo momento en que recibieron la noticia. Toda la alegría y las risas habían desaparecido. No se desvaneció como el final de un disco que se va apagando poco a poco. Simplemente se detuvo en seco, dejando ese inmenso silencio y vacío en la casa y en lo más profundo de su alma.

Los años siguientes se habían convertido en una cadena

interminable de días unidos por el trabajo, las preocupaciones y más trabajo por parte de su madre, y Jenny quedó a la deriva y tambaleándose. Muchas cosas de esa nueva forma de vida habían sido tan irreales para su mente infantil.

Durante esos años de crecimiento, lo único que había deseado era poder hablar con su madre sobre la confusión. La soledad. La tristeza. Pero nunca parecía haber tiempo para hablar.

Hoy, a pesar de lo mucho que Jenny intentaba negarlo, todavía había una niña asustada en su interior que anhelaba el consuelo de los brazos de su madre mientras lloraba hasta quedarse dormida.

"Aquí estamos". La voz de Cheryl la sacó de su ensoñación y Jenny miró a través del parabrisas para ver el cartel del hospital Monte Sanai.

"Oh, Dios", dijo Jenny. "Eso fue rápido".

"No tan rápido". Cheryl le dedicó una sonrisa irónica. "Te quedaste perdida en tus pensamientos durante la última media hora".

"Lo siento".

"No te preocupes". Cheryl entró en el aparcamiento, encontró una plaza libre y apagó el motor. "¿Listo?"

Jenny sonrió con pesar. "¿Alguna vez alguien está realmente preparado?"

Cheryl se encogió de hombros. " Pensarlo es un poco pesado para mí en este momento".

"Está bien. Lo dije en sentido estrictamente retórico".

Al entrar en la UCI (Unidad de Cuidados Intensivos) donde su madre estaba tumbada en una cama de hospital elevada, la sorpresa inicial de Jenny dio paso rápidamente a una abrumadora oleada de miedo y aprensión. Su madre parecía tan pequeña. Tan frágil. Y todos esos tubos y cables en sus brazos, en su nariz, conectados a su pecho. Era casi obsceno. Los ojos de Jenny se llenaron de lágrimas mientras buscaba señales de vida en su rostro ceniciento. "¿Seguro que está bien?" le preguntó a Cheryl en un suave susurro.

"Sí. Está muy sedada. Así que estará durmiendo la mayor parte del tiempo. Pero su ritmo cardíaco está ahora más cerca de lo normal. El doctor dijo que es más fuerte que la mayoría de sus pacientes".

Sí. Siempre ha sido fuerte, pensó Jenny. ¿No lo decía todo el mundo? "Esa señora Tucker. Es tan valiente. Es tan fuerte. Y ha hecho un gran trabajo criando a esas dos niñas ella sola".

La abrupta punzada de amargura que acompañó a ese pensamiento hizo que Jenny se preguntara si estaba en medio de una especie de partida de ping pong emocional, jugando a ambos lados de la mesa. Era como si toda su vida, el pasado y el presente, se hubieran agitado juntos, y ella no estaba segura de qué emoción iba a aflorar a continuación.

Sin embargo, no tenía derecho a juzgar la vida de su madre. ¿Lo hizo?

"Vamos". Cheryl puso su mano en el hombro de Jenny, instándola hacia la puerta. "Vamos a la sala de estar. La enfermera nos llamará si hay algún cambio".

———

El paso del tiempo se volvió borroso en la mente de Jenny. ¿Cuántos días habían pasado ya? ¿Tres? ¿Cuatro? Y no podía recordar lo que había dicho a su hermana o a su cuñado cuando estaban sentados juntos en la sala de espera. O lo que habían hecho cuando no estaban sentados en vela junto a la cama. O cuándo había dormido por última vez. Sus días y sus noches estaban llenos de tormentos por ese terrible miedo a que su madre muriera. Entonces sería demasiado tarde para ambas. Demasiado tarde para cualquier tipo de reconciliación. La espera también estaba haciendo mella en Cheryl. Jenny podía verlo en la severa postura de la mandíbula de su hermana y en las tensas líneas de preocupación alrededor de sus ojos.

Deseando poder hacer algo, Jenny observó a su hermana hojear una revista y luego dejarla en la mesa frente al sofá donde estaba sentada. Tal vez podrían hablar. Se levantó de la silla y se acercó al pequeño sofá. "Cheryl, yo..."

"¡No me toques!" La vehemencia en la voz de Cheryl golpeó a Jenny con la fuerza de un ariete. "Yo... no entiendo. ¿Qué ocurre?"

"Parte de la razón por la que está aquí es por ti".

"¡Espera un momento!"

"No. Es hora de que escuches esto. No sabes lo mucho que le molestó que te mudaras. Fue como si nos apartaras de tu vida. Nunca ha sido la misma desde entonces". Cheryl hizo una pausa. "Fui una tonta al pensar que las cosas serían diferentes ahora".

La mente de Jenny dio un giro de confusión y se aferró al primer pensamiento claro que se le ocurrió. "¿No tiene la acusada al menos la oportunidad de defenderse?"

Cheryl le miró fijamente. "No estás en juicio".

"Entonces, ¿por qué parece así?"

Cheryl se tomó un largo momento antes de responder, y Jenny sintió que la ira aumentaba. ¿Cómo se atrevía?

"Tal vez no debería haber..."

"Tienes toda la razón, no deberías haberlo hecho". Jenny luchó por mantener su voz por debajo del nivel de los gritos. "¿Alguna vez consideraste que ella también tuvo parte en esto? Ella fue la que me alejó todos esos años. No quiso hablar de papá. O de cómo nos sentíamos. Mantenía sus emociones encerradas dentro y a nosotros fuera".

"Jenny, eso fue hace mucho tiempo. No importa".

"¡Claro que importa! ¿No lo ves? Por eso me alejé. Por eso

me sigue doliendo tanto por dentro cada vez que pienso en nuestra infancia".

Incluso Jenny se sorprendió de la amargura de su voz, y las dos hermanas se limitaron a mirarse mientras las palabras quedaban suspendidas entre ellas, como las últimas notas de una canción que termina y se desliza en el silencio.

Finalmente, Cheryl alargó la mano para tocar la de Jenny, pero ésta se apartó y desvió la mirada.

Después de otro largo momento, Cheryl habló en voz baja. "Lo siento. No debí atacarte así".

Jenny se encogió de hombros.

"Por favor, ¿podemos hablar?"

"¿Qué hay que decir? Es obvio que no sientes lo mismo que yo sobre todo este lío".

"¡Dios mío, Jenny! Crecimos juntas. ¿Recuerdas? Pasamos por las mismas cosas. ¿No crees que a mí también me afectó? Pero llegó un momento en que dejé todo de lado".

"No es tan sencillo como guardar la ropa".

"Lo sé. No dije que fuera fácil. Sólo dije que lo hice".

La dulzura de la voz de Cheryl rompió el último muro de defensa de Jenny. Las lágrimas empezaron a resbalar sin remedio por sus ojos y a rodar en un cálido chorro por su cara. "¿Cómo?" preguntó ella. "¿Cómo lo has superado?"

Cheryl extendió tímidamente una mano y esta vez Jenny no se apartó. "No puedo decirte cómo hacer descansar a tus monstruos", dijo Cheryl. "Eso es algo que tienes que hacer por ti misma. O a largo plazo, con un terapeuta".

Jenny levantó la vista sorprendida. "¿Lo hiciste? ¿Ver a un terapeuta?"

Cheryl asintió. "Durante aproximadamente un año. Justo después de que te fueras".

"¿Por qué nunca me lo dijiste?"

"No hemos hablado mucho precisamente. ¿Recuerdas?"

Eso provocó una pequeña sonrisa. "Pero y si... y si..." Jenny agitó una mano en un gesto vago en dirección a la habitación de su madre. "¿Y si no tenemos más tiempo?"

Cheryl le sostuvo la mirada durante un largo momento y luego dijo: "Tal vez puedas empezar hoy por perdonarla".

"¿Eso es todo? ¿Sólo hay que perdonarla y todo el dolor desaparecerá?"

Cheryl se encogió de hombros. "Tal vez tengas que perdonarte a ti misma también".

"¿Qué?" De nuevo, su volumen amenazaba con ser demasiado alto para una sala de espera de hospital.

"No te enfades. Piensa por un momento. Has albergado juicios sobre mamá durante años. Tal vez parte de la cura es dejar ir todo eso. Luego perdonarte a ti misma por aferrarte a la negatividad durante tanto tiempo. Parece que ha sido tu juguete favorito desde que tengo uso de razón".

Jenny abrió la boca para soltar una respuesta airada, pero luego apretó los labios. Quizá Cheryl tenía razón. No un punto que cayera bien en los oídos de Jenny, pero tal vez uno bueno. Tragó con fuerza y se puso en pie. "Voy a ver cómo está mamá".

"Bien. Estoy lista para ir a casa. Te veré por la mañana".

Jenny asintió con la cabeza y se dio la vuelta para caminar por el tenue pasillo, el bajo murmullo de las voces en el puesto de enfermería apenas la distrajo al pasar. Entró en la oscuridad de la habitación de su madre, iluminada únicamente por la pantalla azul del monitor. En el fondo, oyó el constante tic, tic, tic del monitor y el débil susurro de la respiración que entraba y salía del cuerpo de su madre. Se acercó a la cama y se quedó allí, estudiando el intrincado patrón de líneas que los años habían grabado en el rostro de su madre. En reposo, era el rostro de una desconocida, y Jenny sintió la necesidad de memorizar cada arruga, como si hicieran alguna declaración significativa sobre todo lo que había entre ellas. Tal vez lo hicieran, y tal vez ella pudiera suavizarlas con un toque de su mano.

Un repentino cambio errático en la respiración de su madre hizo saltar la alarma y retiró la mano. *¡Dios mío! No ahora.*

De repente, la puerta se abrió para dejar entrar a una enfermera que encendió las luces del techo y se acercó rápidamente a la cama, provocando un escalofrío en la habitación con su eficiencia.

"¿Está bien?" Preguntó Jenny.

La enfermera, empeñada en comprobar los cables, los tubos y el monitor, parecía no darse cuenta de la presencia de Jenny, que se movía de un pie a otro esperando una respuesta. El miedo era como una gran bestia que le roía el estómago.

Finalmente, cuando Jenny pensó que no podría aguantar más, la enfermera terminó de revisar el intrincado equipo.

"Todo está bien", dijo la enfermera, apenas mirando a Jenny al pasar. "Debe haber sido una anomalía. Sus signos vitales están bien ahora".

"Oh". La palabra murió en los labios de Jenny cuando la enfermera salió y cerró la puerta.

A través de una niebla de miedo y angustia, Jenny reconoció también un matiz de ira. Se acercó y apagó las luces, esperando que la oscuridad le devolviera un poco de la paz que había sentido antes de que sonara la alarma. Estaba enfadada con la enfermera que parecía no importarle que hubiera una persona en la cama. Una mujer. Una madre, que merecía algo más que una fría eficiencia y un entorno estéril en el que morir.

Esa última palabra martilleaba la mente de Jenny.

Era cierto. Su madre podía morir. Y la peor indignidad de todas era que podía ocurrir mientras su madre seguía pensando que Jenny era tan insensible como la enfermera. A Jenny se le llenaron los ojos de lágrimas calientes y sintió un gran desgarro en el pecho, como si una gran bestia le estuviera arrancando el corazón.

Se acercó a la mano de su madre y tocó ligeramente la arrugada piel con las suaves yemas de los dedos. Entonces las lágrimas se desprendieron y corrieron libremente por sus mejillas, salpicando las manos entrelazadas, una joven y otra vieja.

"¡Oh, mamá!" El grito colgaba en la habitación como capas de humo. "No puedes morir, mamá. Ahora no. Yo... te necesito. Yo... te quiero. Por favor. Por favor, perdóname".

Por un momento, Jenny contuvo la respiración preguntándose si su madre había escuchado las palabras. Entonces creyó sentir una ligera presión contra sus dedos. ¿Era una señal de su madre o simplemente un reflejo involuntario?

Le hizo bien a su corazón creer que había sido una señal. Y si su madre vivía... No. Cuando su madre saliera de esto con más vida, Jenny volvería a decir las palabras.

¿DÓNDE ESTÁ PAPÁ?

TOMÉ la mano de mi hijo y caminé lentamente hacia el frente de la sala de velación de la funeraria. Él no entendía para qué estábamos allí. Al menos, no creía que lo hiciera. ¿Cuánto puede comprender un niño de cinco años? Sabía que yo estaba triste, al igual que la mayoría de los presentes, las lágrimas corrían libremente por las mejillas de todas las edades y las emociones de gran intensidad hacían chispear el ambiente como si se tratara de cables eléctricos caídos.

Los niños captan las emociones que se agolpan en una habitación.

Nos detuvimos ante la mesa llena de fotos de Jim que estaban colocadas entre jarrones de flores; un colorido conjunto de claveles amarillos, guisantes de olor rosas y delphinium azules. Yo misma había hecho este arreglo, eligiendo las fotografías y las flores con mucho cuidado. Jim sonreía en todos los marcos de las fotos, y las flores parecían sonreír también.

No había ataúd para este sencillo servicio conmemorativo que comenzaría dentro de un rato. No había quedado suficiente de Jim para ponerlo en un ataúd. Poco después de que aquellos agentes hubieran acudido a mi puerta para darme la noticia más devastadora de mi vida, me entregaron una bolsa de lona con los efectos de Jim. No la abrí. No quería ver lo que había dentro. No quería sus placas de identificación ni ningún recuerdo del ejército en este servicio, así que lo metí todo en un armario. Detrás de los trajes que Jim nunca volvería a usar.

La ira retumbó en mí al recordar aquel horrible día.

Bobby tiró de mi mano, apartándome momentáneamente del recuerdo. "¿Por qué no está papá aquí?"

Tragué saliva. "No puede estar aquí. Se ha... ido". Apenas pude exprimir las palabras más allá de la constricción de mi garganta. Cada una de ellas amenazaba con ahogarme.

"¿Ido a dónde?"

¡Oh, Dios! ¿Cómo puedo decirle a este niño que su padre se había desintegrado en un millón de pedazos en el lugar abandonado de Dios donde lo había enviado el ejército? ? Tomé aire y traté de esbozar una sonrisa reconfortante. "Cariño, ya te lo he dicho. Papá murió. Está en el cielo".

"¿Con la abuela?"

"Sí. Con la abuela".

Bobby volvió a mirar a su alrededor. "Pero, vimos a la abuela. Antes de que se fuera al cielo. En una caja. ¿Dónde está la caja de papá?"

Al principio, no sabía a qué se refería Bobby, pero luego me di cuenta. Estaba recordando el funeral de mi madre. Había sido hace un año, y esperaba que Bobby hubiera olvidado los detalles. Pero no lo había hecho.

Jim no había querido que llevara a Bobby a la funeraria en la que habían velado a mi madre. "Sólo tiene cuatro años", había dicho Jim. "No necesita ver un cadáver".

Jim no entendía esa necesidad. Cuando su abuelo había muerto, Jim sólo tenía tres años y sus padres lo habían considerado demasiado joven para ir al funeral. Pero yo sabía, por haber asesorado a niños y adolescentes, que necesitaban funerales y servicios conmemorativos. Cualquier cosa que les diera una prueba concreta de que su ser querido no había dejado de visitarlo por alguna razón desconocida. La muerte, sin todos los adornos de los funerales, del luto, era demasiado oscura.

Hoy he visto a mi hijo. Ahora tiene cinco años. Que necesitaba desesperadamente ver un cadáver. Sin embargo, no podía decirle la horrible verdad. Hoy no. Tal vez más tarde. Veinte años después. O tal vez no. Tal vez él no necesite nunca esa imagen mental que no puedo quitarme de encima por mucho que lo intente.

Hace más de una semana, el comandante de la base había venido a mi puerta para hablarme de Jim. Sobre la bomba que le había quitado la vida, junto con los otros dos hombres del Humvee en Irak. Le pregunté cuándo enviarían su cuerpo a Estados Unidos, y el hombre me miró durante mucho tiempo con la expresión más triste. Luego apartó la mirada antes de decir: "Lo siento, señora Murphy. El cuerpo de su marido... Estaba... No queda nada".

"¿Nada? ¿Cómo puede no haber nada?"

Me miró de nuevo. "Confía en mí. No quieres saber los detalles".

"¡Sí, quiero! ¡Sí, quiero!" Grité las palabras una y otra vez hasta que por fin me lo dijo, y visualicé esta gran explosión de sangre, huesos y carne. Un ser humano convertido en una macabra forma de confeti, llevado por el viento para ser esparcido sobre las rocas y el polvo.

Y ahí es cuando vomité en los zapatos del oficial.

Ahora, volví a tener ganas de vomitar y me tragué la bilis que me ardía en la garganta.

Helen se acercó y me tocó el brazo. "¿Puedo llevarme a Bobby un momento?"

Le dediqué a mi suegra una sonrisa de agradecimiento y le

pasé la mano suave y rosada a la suya, que estaba endurecida por el trabajo. "A la abuela le gustaría pasar un rato contigo", le dije a Bobby. "¿Te parece bien?"

Bobby asintió y luego miró a Helen. "¿Podemos comer galletas? He visto algunas". Señaló con la mano libre una puerta situada en un rincón del fondo de la sala. La puerta conducía a otra pequeña habitación donde se habían preparado refrescos, cortesía de la funeraria y de algunos amigos que pensaron que el chocolate sería necesario.

Mucho chocolate.

Y vino.

Mucho vino.

Observé cómo Helen se llevaba a Bobby, y luego miré alrededor de la habitación, notando que Frank estaba sentado solo. Por un momento, consideré la posibilidad de sentarme a su lado, pero algo en la rigidez de su cuerpo me hizo desistir. Mi suegro procedía de una larga estirpe de buena gente del campo, que vivía en la granja donde el abuelo de Frank había cultivado la tierra y criado maíz por primera vez. Jim tenía la esperanza de volver a la granja donde se había hecho hombre. Quería criar allí a su propio hijo, pero esa esperanza se había roto tan rápidamente como su cuerpo.

Era obvio que Frank estaba igualmente destrozado, pero no quería romperse en pedazos emocionales delante de nadie más, ni siquiera de mí, a quien había acogido en la familia con los brazos abiertos en nuestro primer encuentro.

Habían pasado diez días desde que recibimos la noticia, y los padres de Jim habían volado desde Indiana hasta Killeen, Texas, donde vivíamos en una vivienda militar. En esos diez días, Frank había verbalizado poco, pero sus ojos no callaban. El dolor reflejado en esos ojos azules profundos, tan parecidos a los de Jim, me había apuñalado tan profundamente que a veces había querido huir. Otras veces sólo quería ir a abrazar a este querido hombre. Helen, que me conocía tan bien y reconocía mi impulso, hacía un ligero movimiento de cabeza cuando nuestras miradas se encontraban, así que yo simplemente le dedicaba a Frank una leve sonrisa y él asentía a su vez.

Mientras miraba al hombre alto y fuerte hoy, esperaba que fuera capaz de dejar salir sus emociones cuando él y Helen estuvieran solos. De lo contrario, si se encerraban en su interior para siempre, se enconarían y agriarían, pudriendo finalmente su corazón y su alma.

Me di la vuelta y me dirigí hacia el fondo de la sala, deteniéndome con frecuencia para agradecer los abrazos y las muestras de condolencia. Temiendo que las emociones pudieran escapar a mi rígido control, mantuve esos contactos breves, a veces ni siquiera registrando con quién estaba hablando.

Mi amiga Sharla se sentó sola en el último banco y me ofreció una sonrisa tentativa cuando me acerqué. Me coloqué a su lado y me cogió la mano con fuerza. "¿Estás resistiendo?" me preguntó.

"Hago lo que puedo".

Me apretó la mano un poco más fuerte por un momento, luego aflojó la presión. "Lo conseguirás. Eres fuerte".

No negué abiertamente sus palabras, pero por dentro estaba gritando. No me había sentido fuerte desde que Jim se había ido a su última gira en Irak. Fingí por su bien. Lo despedí con una sonrisa y afirmando que estaríamos bien mientras no estuviera. Pero la verdad era que cada vez que se iba, me convertía en esa persona insegura y aprensiva que había sido antes de conocerlo. La única gracia salvadora era que siempre volvía y todo volvía a estar bien. Pero esta vez no iba a volver a casa.

Nada iba a estar bien de nuevo.

Una lágrima se deslizó por mi ojo, luego otra, y otra, hasta que formaron un cálido río por mis mejillas. Temiendo que esta grieta en el dique condujera a un colapso total del muro que me separaba y a un torrente de emociones que me ahogara, me aparté del consuelo de mi amiga. "Tengo que ver cómo está Bobby".

"Claro", dijo Sharla. "Te alcanzaré más tarde".

Mientras me deslizaba fuera del banco, agradecí mentalmente a Dios por esta amistad. Sharla era otra esposa de militar, así que sabía, realmente sabía, de qué iba la vida.

Cómo siempre estuvimos, al borde de un precipicio.

Cómo la tragedia puede golpear en cualquier momento.

En los días transcurridos desde que se produjo mi tragedia, vino varias veces a casa con comida. Pollo y albóndigas y macarrones con queso; comidas reconfortantes que Sharla sabía que me encantaban. A pesar de que Bobby seguía lidiando con la tensión en la casa y tratando de entender que su padre había muerto, no le costó mucho comer las ofrendas. Apenas había podido forzar un bocado en una garganta que estaba en carne viva por todas las lágrimas que había tragado.

El director de la funeraria había dispuesto que un capellán de un hospital cercano viniera a dirigir el servicio fúnebre. Yo había rechazado la oferta del capellán de la base. No quería un servicio militar. No quería escuchar lo que había sido un héroe Jim. Morir en un campo de batalla no era mi idea de heroísmo, y quería que el ejército no participara en ese día. Este día era para Jim el marido. Jim el padre. No para Jim el soldado.

El capellán Dave era un hombre canoso con una presencia reconfortante, y ni siquiera palideció cuando le dije que no íbamos a la iglesia. No le dije que no estaba seguro de Dios en ese momento; eso habría hecho palidecer al hombre. No estaba precisamente enfadada con Dios. No lo culpaba por lo que le había sucedido a Jim. Simplemente estaba espiritualmente entumecida y no sabía dónde estaba Dios para mí.

El capellán habló conmigo, y con los padres de Jim, para

hacerse una idea de quién había sido Jim y lo reunió todo en un bonito servicio. Al menos eso es lo que me dijeron mis amigos después. Yo estaba allí, pero no lo estaba. No pude retener las palabras o frases que se dijeron en honor a la memoria de Jim. Parecían flotar como volutas de humo que salían de la boca del capellán.

Poco después de que las palabras de la última oración se convirtieran en un doloroso silencio, la gente empezó a alejarse, dejándonos finalmente solas a Sharla y a mí. Frank y Helen habían llevado a Bobby de vuelta a la casa.

"¿Seguro que quieres hacer esto?" Sharla señaló el conjunto de fotos y flores que iba a desmontar. "Yo podría. O el director de la funeraria..."

Dejó que el resto de la frase se desvaneciera, y le dediqué una débil sonrisa. "Lo sé. Ya le dije que donara las flores a la gente del hospital. En el que trabaja el capellán. Dijo que a las mujeres de la sala de oncología les gustarían".

Sharla asintió. "Todavía puedo ayudar con las fotos".

Sacudí la cabeza. "Vete a casa. Abraza a tu marido y da gracias por tenerlo".

Sharla asintió de nuevo, con los ojos llenos de lágrimas. "Lo siento mucho".

"Lo sé". Las palabras fueron suaves, ahogadas, y Sharla me envolvió en fuertes brazos. Permanecimos allí durante largos momentos, simplemente abrazándonos. Luego se apartó. Me apretó los hombros. Se dio la vuelta y se fue.

Me senté en el primer banco de la pequeña capilla y miré todas las fotos de Jim. Aunque no quería nada relacionado con el ejército en este servicio, Jim había pasado demasiados años en el ejército como para no tener una o dos fotos de él en uniforme, pero las pasé de largo rápidamente, centrándome lenta y deliberadamente en las demás. Los dos haciendo el tonto en nuestra fiesta de graduación. Él sentado en las escaleras de nuestro instituto. ¿Se estaba despidiendo? No podía recordarlo. Se había alistado poco después y habíamos estado separados durante demasiados meses.

Me había enfadado, pero nunca se lo dije. Estaba tan orgulloso de servir a su país; no podía abofetearle con mi ira. Y realmente, no había peligro, ¿verdad?

Luego llegó Irak.

Enjugando las lágrimas que se deslizaban por mis mejillas, aparté esos pensamientos y miré la foto de nuestra boda. Había elegido la de nosotros riendo y empujando la tarta en la boca del otro. A lo largo de los años, nos habíamos reído mucho al celebrar hitos y acontecimientos. Diez años riéndonos de todo.

Luego llegó Irak.

La última foto es de Jim sosteniendo a Bobby el primer día que tuvimos al bebé en casa. Jim estaba tan emocionado por tener un bebé, un hijo, que me preguntaba si volvería a tener a nuestro hijo en mis brazos. Aunque no podía alimentar al bebé, Jim hacía todo lo demás. No le daba miedo bañarlo ni se resistía a cambiarle los pañales. Si Jim hubiera podido amamantar, probablemente también se habría encargado de la alimentación. Tuvimos cinco gloriosos años de compartir la paternidad cada vez que Jim volvía a casa de su despliegue.

Luego llegó Irak.

No puedes seguir dando vueltas a eso, me dije. No importa lo frustrado o enfadado que estés, eso no cambiará nada.

Me quité más lágrimas y suspiré profundamente. Ya era hora.

En la casa, puse las fotos en el aparador del salón. Luego fui a mi dormitorio. Allí, cogí todos los recuerdos que Jim había reunido de sus viajes a otros países durante su servicio de la parte superior de su escritorio y los puse en una caja. Esa caja fue a mi armario. La metí en el estante superior donde había puesto las cosas que me había dado el oficial.

Algún día sacaría las cajas. Las abriría y le mostraría todo a Bobby. Le diría a Bobby lo que realmente le había pasado a su padre. Pero no hoy. No cualquier día muy pronto. Dejémosle ser un niño un poco más, sin que le afectara la idea de que su padre había muerto en vano.

Esa fue la peor parte.

CRUZANDO EL UMBRAL

(PUBLICADO POR PRIMERA VEZ EN LA ANTOLOGÍA THE CORNER CAFÉ)

FRANK EMPUJÓ LA PUERTA, esperando entrar en su taberna favorita. Se detuvo justo dentro de la puerta y miró a su alrededor en busca de la barra. Buscó al camarero. A los estibadores que siempre reclamaban el extremo de la barra y desafiaban a cualquiera que intentara ocupar uno de sus asientos. Buscaba un tipo, una dama y una bebida, no necesariamente en ese orden. Una joven demasiado alegre revoloteó hacia él como una especie de pájaro. De hecho, podría haber sido un canario con esa atrevida camisa amarilla. Llevaba unos pantalones cortos con las piernas al aire para que todo el mundo las viera. No es que tuvieran mala pinta, eran largas y delgadas, pero ¿para qué enseñar pierna si no vas a enseñar tetas?

"Bienvenido al Corner Café", dijo la pequeña y brillante chica. "¿Qué puedo servirte? ¿Un moca? ¿Un café con leche? ¿Un expreso?"

Frank se quitó el sombrero de fieltro; un caballero siempre hace eso cuando está en presencia de una dama, incluso de una tan molesta como ésta. "No entiendo de que estas hablando, chica. ¿Dónde está Mickey?"

"¿El ratón?"

Frank sacudió la cabeza, esperando que la acción rebobinara cualquier película que se estuviera reproduciendo detrás de sus ojos. "Mire, señora, deje de dar vueltas. ¿Qué pasó con el Watering Hole? ¿Y dónde está Mickey, el dueño?"

"Lo siento, señor. Nunca he oído hablar de ese lugar. ¿Quizás se ha equivocado de lugar?"

"Escucha. Llevo años viniendo aquí todas las noches. Podría encontrarlo mientras duermo".

"Tal vez ese sea tu problema", dijo un hombre en una mesa cercana. "Tal vez deberías despertar".

Frank tocó la culata de la pistola que llevaba en la funda bajo el abrigo y lanzó al hombre una mirada de acero. "No te hagas el listo conmigo. ¿Sabes con quién estás hablando?"

"Sí, un bromista que acaba de llegar de una fiesta de disfraces. ¿Quién se supone que eres? ¿Sam Spade?"

Frank se movió para dar un paso hacia el hombre. Le enseñaría a burlarse de Frank Perelli. La chica le puso una mano en el brazo. "Por favor, señor, no queremos problemas".

Frank se detuvo, tomó aire para contener su impulso de golpear al tipo, y echó otra mirada cuidadosa a la gente sentada en las mesas que estaban dispersas por la sala. No había ni una gabardina ni un traje a la vista. Esta gente llevaba la ropa más extraña. Algunos hombres llevaban pantalones cortos que parecían bragas, pero ¿qué hombre adulto llevaría nunca bragas? Y muchos de ellos llevaban lo que parecían camisas de ropa interior. Frank miró más de cerca al hombre que le había abucheado. Su camiseta de ropa interior era roja y tenía algo escrito. ¿Metallica?

¿Qué demonios era un Metallica? Frank volvió a mirar a la chica. "¿Quiénes son todas estas personas de aspecto extraño?"

"¿Esto?" La chica siguió su gesto de barrido. "Bueno, estos son algunos de nuestros clientes habituales. Vienen a tomar café todos los días".

¿Café? Frank miró hacia el lugar donde solía estar el bar con el gran espejo debajo del cuadro de desnudos. Había una especie de menú colgado, todo escrito con una letra florida que su tía soltera utilizaba para escribir sus cartas. Volvió a recorrer la habitación. *Una locura.* "¿Por qué esta gente está vestida así? No he visto tanta piel desde esa incursión en el club porno ".

"¿Eres policía?" Preguntó la muchacha.

"No. Gumshoe".

Ella le miró con extrañeza. "¿Perdón? ¿Tienes un chicle en el zapato?"

Frank levantó uno de sus pies para comprobar la suela del ala. Allí no había nada. Siguió mirándole con el ceño fruncido. Él siguió mirándola, preguntándose qué demonios estaba pasando aquí. Era una chiquita linda, con ojos azules brillantes, un cabello que brillaba en oro a la luz; ese ceño fruncido era lo único que estropeaba una piel impecable. No había rastro de ninguna antena extraña. "¿Eres de algún otro planeta que no conoces de Gumshoe?"

"No señor. Soy de aquí, de Chicago. Nacida y criada. Y no tengo ni idea de lo que está hablando".

Frank sacó su cartera y le mostró su licencia. "Soy un I.P."

"Oh, un Investigador Privado". Una sonrisa reemplazó su ceño. "¿Estás en un caso? ¿Puedo ayudar? Siempre he querido ser investigador privado. Suena tan... ya sabes... dramático... emocionante... aventurero".

"Es trabajo, chica. Simple trabajo. Un montón de golpes en el pavimento tratando de rastrear a algún sabelotodo".

"¿Estás siguiendo a alguien ahora?"

"Sí. Paul Ricca. Le llaman El Camarero. Escuché que se reunía con Johnny Roselli para hacer algunos negocios.

Trayendo su negocio de extorsión de Hollywood a Chicago. No puedo dejarlo pasar".

"Nuestro camarero es Todd, y nunca he oído hablar de un Johnny Roselli". La chica ladeó una cadera. "Esta es una cafetería agradable y tranquila. Así que será mejor que cojas tus tonterías y te vayas de aquí".

Frank echó un vistazo más a su alrededor y se encogió de hombros. Qué más da. No estaba consiguiendo nada en este antro. Quizá si salía y volvía a entrar, estaría donde debía estar. Se quitó el sombrero ante la chica y se giró para dirigirse a la puerta.

La chica hizo un gesto a un hombre que estaba en una mesa del fondo. Sacó un teléfono móvil y realizó una llamada.

Fuera, Frank se detuvo para sacudir un Lucky y encender una cerilla. Apenas había tocado la llama en el extremo del cigarrillo, cuando sintió un movimiento repentino detrás de él. Se giró, pero no a tiempo de ver lo que le golpeó. Cayó a la acera, el cigarrillo se le escapó de entre los labios y rodó por el pavimento dejando un rastro de chispas. No podía decir si la negrura era el cielo nocturno sin estrellas o la inconsciencia que se extendía hacia él.

Su último pensamiento fue, esos malditos tipos de Hollywood. Hasta dónde no llegarán para atrapar un tipo.

MÁS ALLÁ DE LA ACERA AGRIETADA

MÁS ALLÁ DE la acera agrietada y del poste de teléfono con capas de folletos en un arco iris de colores, y del parche de hierba marrón seca, había un muro de bloques de hormigón de tres metros de altura, cubierto con docenas de capas de pintura, rojos que se entremezclaban con los azules y vetas amarillas que añadían reflejos como rayos de sol. A los pies del muro había un pequeño santuario, con velas quemadas tumbadas a los lados, entre racimos de flores marrones marchitas y algunos osos de peluche hechos jirones. Una palabra de grafiti llenaba la pared, letras rojas sobre fondo dorado: ¡Alégrate!

Con la punta de los dedos, Hannah trazó las letras. ¿Alegrarse? ¿De qué había que alegrarse? ¿Debemos alegrarnos de que Carlos se haya ido? ¿Feliz de que esté en el cielo? Eso es lo que había dicho el cura en el funeral. Hannah se había sorprendido. De ninguna manera se alegraría de que Carlos estuviera en el cielo. Sólo su amor por Carlos le había impedido salir corriendo de la iglesia de St. Vincent el día en que supuestamente pusieron su cuerpo y su alma a descansar. ¿Acaso el alma de alguien descansó alguna vez? ¿En paz?

Algunas personas podrían pensar que no es posible enamorarse en un solo día, pero Hannah creía que podía suceder. Sabía que Carlos existía desde hacía más tiempo, pero sólo lo había amado durante un día. La primera vez que se le acercó fue hace poco más de un año, cuando ella intentaba coger comida de un contenedor de basura detrás del restaurante mexicano de la calle principal. Ella era baja. Él era alto, y alcanzó fácilmente la última bolsa de basura que podría contener unas cuantas patatas fritas que no estuvieran gomosas por la salsa derramada. Las patatas fritas que aún crujían siempre eran mejores que las enchiladas frías, empapadas y sobras.

"Toma". Le dio una bolsa de papel manchada de grasa. "Parece que necesitas esto".

Sin responder, le arrebató la bolsa y se fue corriendo. Su amiga Angie había advertido a Hannah sobre los hombres a los que les gustaba aprovecharse de las chicas sin hogar. Los hombres que se mostraban tan amables, tan encantadores y simpáticos con el fin de prepararlas para el sexo y el tráfico sexual. Así que, aunque esta persona (este chico que apenas podía llamarse hombre) no parecía peligrosa, Hannah no iba a correr ningún riesgo. Unos días después, el chico había desaparecido. Ni siquiera supo su nombre. Después de varios meses sin verlo en el refugio de St. Vincent o en cualquier lugar de las calles donde los niños sin hogar se reunían con la esperanza de conseguir alguna limosna, pensó que se había ido a otra ciudad.

Entonces un día volvió.

Estaba sentada en la ladera rocosa que llevaba a un pequeño arroyo. Estaba atravesado por el paso elevado de la autopista que salía de Pine Tree, Missouri, y se mantenía a bastante distancia de un grupo de otros chicos. No los conocía, y era mejor ignorarlos, sobre todo cuando los efectos del alcohol o la droga los convertían en un verdadero peligro para alguien solo. Oyó a algunos de ellos gritar, y se giró para ver al chico acercándose a los demás. "Hola, Carlos", gritó un adolescente espigado. "¿Qué pasa?"

Hannah le observó chocar los cinco y pensó que el nombre que sonaba a español le venía bien al muchacho.

Carlos, que aún no era un hombre, era alto y musculoso y tenía los ojos del color del ébano con el cabello del mismo color. En todo un año no había olvidado esos ojos profundos y oscuros. Finalmente, se dirigió hacia ella. Ella vio vio en un destello el blanco de su sonrisa. "¿Puedo tener una parcela de esta tierra?"

Como no estaba del todo preparada para confiar en ese chico de dientes blancos y perfectos y mejillas suaves de un rico tono siena quemado, asintió con la cabeza pero no dijo nada. Se ciñó la chaqueta vaquera manchada, en parte para protegerse del frío otoñal y en parte para crear una barrera entre ella y alguien que la asustaba e intrigaba a partes iguales. La mayoría de los chicos que había conocido desde que llegó aquí desde St. Louis hace dos años no tenían una buena dentadura. De hecho, probablemente no habían ido al dentista nunca en su corta y miserable vida. Entonces, ¿cómo había acabado aquí un tipo que tenía una sonrisa tan perfecta? Se agachó junto a ella y sacó un saco marrón manchado de grasa de un bolsillo de su chaqueta de bombardero rota. "He encontrado más patatas fritas". Le tendió la bolsa.

Se había acordado. Después de todo este tiempo, se había acordado, pero esta vez ella no aceptó la ofrenda. Hoy no estaba hambrienta. Sólo tenía hambre. El hambre podía rechazar la comida de un extraño.

A Carlos no pareció importarle. Tampoco se fue. Acomodándose en una posición más cómoda, abrió la bolsa y empezó a masticar las patatas. "Soy Carlos. Supongo que os habéis enterado". Señaló vagamente a los chicos que le habían llamado por su nombre. "Los recuerdo de antes. ¿Hace un año, tal vez? Tuve que irme. Acabo de volver".

Comentarios cortos y sencillos que despertaron la curiosidad de Hannah. ¿Adónde había ido y por qué había vuelto? Como si estuvieran teniendo una conversación real y ella hubiera respondido en voz alta, Carlos suministró la información. "Mi familia es... bueno, difícil. Pero pensé que podría manejarlos. Mi madre, gritándome todo el tiempo. Papá simplemente nos ignoraba a ella y a mí. Así que volví por un tiempo. Pero fue aún peor. Odiaba alejarme de nuevo, pero no podía soportarlo. Dicen que el estrés no es bueno para ti, ¿verdad?"

Él le ofreció una sonrisa, pero ella no le devolvió la sonrisa. Un brote de ira la sorprendió. No debería juzgar. La historia de cada uno era diferente, pero ¿en serio? ¿Huir porque su madre gritaba y su padre lo ignoraba?

Dios, debería haber estado encantado de ser ignorado.

Hannah habría estado encantada de ser ignorada.

Carlos le tendió de nuevo la bolsa y ella metió la mano para coger varias fichas. "¿Cuál es tu historia?" le preguntó.

Ella lo miró, considerándolo, y luego negó con la cabeza.

"No quieres hablar, ¿eh? Me parece bien".

Estuvieron sentados un rato, mientras las risas del grupo de niños que estaba a poca distancia se volvían ruidosas y estridentes a veces, y luego más suaves, como la marea que va y viene. La ola de ira de Hannah también disminuyó y la tensión del silencio entre ella y Carlos se relajó. Miró por un momento la cara de él y luego desvió rápidamente la mirada. ¿Debía hablar con ese tipo? Una parte de ella quería hacerlo. Dejarle ver lo que realmente era tan horrible como para llevar a alguien a la calle. Sin embargo, dudó. ¿Realmente quería saber qué la había traído a este pequeño pueblo en medio de la nada?

Tal vez sí, pero no estaba segura de estar dispuesta a decírselo.

La última persona con la que se había sincerado, su consejero escolar, no le había creído lo que su padrastro había estado haciendo. Le había costado meses de agonía armarse de valor para ir al consejero, y él se había vuelto contra ella. Llamó a sus padres. Por supuesto, Allen, con sus sonrisas y su encanto y su inocencia fingida, había mentido sobre haberla tocado, violado.

Dios, incluso en su mente, Hannah odiaba decir esas palabras. Odiaba pensar en Allen. O la escena en casa más tarde, cuando su madre le soltó una sarta de palabras tan hirientes que clavaron a Hannah en el suelo durante varios minutos. Su madre realmente creía que Hannah le había engañado. Qué horrible cliché. Si Hannah no hubiera estado tan aturdida, podría haberse reído.

"Eres una perra despistada". Hannah había lanzado las palabras a su madre como si fueran dardos antes de girar y correr hacia su habitación, cerrando la puerta de golpe. Se quedó en su habitación durante horas. No salió ni abrió la puerta, ni siquiera cuando Allen aporreó la puerta, gritando que saliera. La madera crujía bajo sus pesados puños, y ella contenía la respiración, esperando que no entrara de golpe.

La puerta resistió. También lo hizo la cerradura.

Se quedó acurrucada en su cama hasta que se aseguró de que su madre y Allen estaban dormidos. Entonces metió un par de camisas y algo de ropa interior en su mochila, añadiendo su oso de peluche en el último momento, cogió dinero y algunas cosas personales, y salió corriendo.

El billete de autobús a St. Louis costaba veinticinco dólares. Veinticinco de los doscientos que Hannah había estado ahorrando para una nueva tableta, más los cincuenta que le había dado su amiga Angie.

La última llamada que Hannah había hecho por el móvil aquella noche fue a su amiga, que no había dudado en acudir en plena noche. Que no había dudado en el dinero. Que entendió cuando Hannah dijo que probablemente no volverían a estar en contacto. No en mucho tiempo. Hannah necesitaba estar lejos para estar a salvo de Allen. Fue entonces cuando Angie le había advertido a Hannah sobre los peligros de las calles y le había rogado que tuviera cuidado. Que estuviera a salvo.

Dejar a su amiga había sido una de las cosas más difíciles que había tenido que hacer. Solo superada por destrozar su teléfono para que no pudieran localizarla.

Hannah pensó que una vez que llegara a un lugar lejos de Indiana, conseguiría un trabajo y comenzaría una nueva vida. Una que no incluyera a Allen ni a nadie como él.

Acabar sin hogar en este pueblo de las afueras de la gran ciudad no formaba parte del plan que había compartido con su amiga mientras se sentaban en los columpios de aquel parque hace tanto tiempo. Pero, bueno, estas cosas pasan. Y el dinero hacía tiempo que había desaparecido.

"¿Quieres que salgamos juntos?" preguntó Carlos.

Hannah se apartó ligeramente y él se rio. "No estoy coqueteando contigo. Sólo es seguridad en los números". Señaló con la cabeza al grupo de chicos que habían estado pasando una botella de vino y que ahora reían más fuerte entre lo que parecían burlas. La tensión chisporroteaba en el aire como la electricidad en una tormenta eléctrica. "Muy pronto van a empezar a buscar a su cordero".

Hannah no tuvo que preguntar a qué se refería. Había visto a los borrachos volverse contra los más débiles demasiadas veces. Demonios, Allen era un ejemplo perfecto. Ella había sido su cordero durante demasiado tiempo. Tras un momento de duda, cogió su mochila y tomó la mano de Carlos. Él agarró su pequeña mochila con la otra mano, y subieron la carretera pendiente.

Lejos del peligro.

Caminaron hasta un parque y encontraron un banco bajo unos árboles, lo suficientemente lejos de la entrada del parque como para que no les molestaran. Dejaron las bolsas y se sentaron, ambos callados durante un rato, Hannah terminando las patatas fritas. "¿Quieres quedarte aquí?" preguntó Carlos. "No va a hacer mucho frío esta noche". Hannah dudó tanto que añadió: "No te tocaré. Te lo prometo".

Recogiendo la bolsa grasosa de las patatas fritas, Hannah se dirigió a una papelera de metal verde, aprovechando el tiempo para considerar una respuesta. Sí quería quedarse con él. Y, curiosamente, no estaba tan segura de no querer que él la tocara. ¿Qué tan extraño era eso? Unas cuantas palabras amables y dos bolsas de patatas fritas y estaba lista para ser una mujer mantenida. O niña. ¿Podría ser una mujer a los dieciséis años? Bueno, tal vez si ella...

Contenta de estar de espaldas a él, reprimió una pequeña sonrisa. No tenía ni idea de qué era lo que provocaba su alocado tren de pensamiento. ¿El aire de invierno? ¿Su abyecta soledad? ¿La posibilidad de que Carlos tuviera algo más que palabras?

Definitivamente no es el clima.

Tiró la bolsa, se limpió las manos en sus deshilachados vaqueros azules y volvió al banco. Carlos pareció no preocuparse de que ella hubiera tardado tanto en deshacerse de una simple basura, y le sonrió cuando ella ocupó el espacio junto a él. Se sentó allí durante un par de minutos en silencio, luego rebuscó en su mochila y sacó su oso de peluche. Abrazó fuertemente el oso andrajoso. "Si todavía quieres escuchar mi historia, te la contaré".

"Bien". La palabra fue pronunciada en voz baja con ánimo de mantenerla.

Después de un largo momento, comenzó, dejando que la historia se derramara, un mero goteo al principio en una voz débil que no estaba acostumbrada a decir tanto de una sola vez. Luego, las palabras cobraron fuerza a medida que sus emociones se fortalecían. Mientras su río de dolor corría, ella sólo era parcialmente consciente del brazo de él que la rodeaba. Tentativo al principio, luego fuerte y más firmemente protector. Él no dijo nada. No hizo ninguna pregunta. Sólo la abrazó, mientras ella se aferraba a su oso, hasta que las palabras, y las lágrimas, se calmaron.

Luego habló hasta bien entrada la noche, envolviéndola en palabras de cariño y compromiso. Palabras que la hicieron sentir segura por primera vez en años. Y palabras que decían la horrible verdad de su historia. Lo equivocada que había estado con su primera revelación, que había ocultado algo mucho peor.

Finalmente, se quedó dormida, sintiéndose segura por primera vez en años.

El sol acababa de salir de la oscuridad, cuando Hannah sintió que algo se movía bajo su cabeza y se despertó al instante, tomándose un momento para recordar dónde estaba y a quién estaba usando como almohada. Definitivamente no era su oso de peluche. Se incorporó bruscamente.

"Hola. No quería molestarte", dijo Carlos. "Voy a buscar algo de desayuno".

"¿Quieres que vaya contigo?" Preguntó Hannah. No porque se preguntara si se refería a un desayuno para los dos. Después de la noche anterior, lo sabía. Este chico/hombre iba a cuidar de ella, y por primera vez desde que se había gastado su último centavo y seguía sin tener trabajo y había acabado sin hogar, tenía un atisbo de esperanza de que las cosas iban a ir bien.

Se encogió de hombros dentro de su chaqueta de bombardero que tenía agujeros en las mangas. "No. Traeré huevos, tocino, tostadas y papas fritas".

Ella no pudo ocultar su ansiosa anticipación, y él se rio. "De verdad. Ojalá pudiera. Pero cogeré lo que pueda encontrar". Le tocó la mejilla con la punta de los dedos. "Espérame aquí".

Hannah lo hizo. Esperó casi dos horas, abrazando su sucia mochila contra su vientre y tratando de aplacar el miedo que había empezado como una pequeña irritación después de la primera media hora, pero que había crecido hasta convertirse en un furioso infierno. ¿No iba a volver? ¿La habían engañado? ¿Otra vez? ¿No hablaba en serio las cosas que había dicho anoche? ¿Esta mañana? ¿Había sido todo una mentira?

La ira se enfrentó a la preocupación, y entonces el grito de una sirena en la distancia rompió la batalla de las emociones. Escuchó mientras la reverberación se acercaba. Sonaba como si bajara por la calle del lado sur del parque.

La calle que estaba bordeada por el alto muro de hormigón donde los niños pintaban grafitis.

La calle en la que se encontraban los restaurantes en los que a veces se podía coger algo de comida semifresca de los contenedores.

De un salto, Hannah corrió por el parque, con las ramas bajas de los árboles dándole en la cara mientras bajaba a toda velocidad por el camino. Al llegar a la calle, se detuvo al ver las luces rojas y azules de una ambulancia y varios coches de policía desviados en la carretera. Se acercó a un par de chicos que reconoció de St. Vincent. "¿Qué ha ocurrido?"

"Le dispararon a un hombre", dijo una chica. "Junto al restaurante". Señaló hacia la calle. "No se explica cómo logró volver hasta el muro. Parece que está muerto".

Hannah se movió para ver mejor y vio una chaqueta de cuero. La que tenía las mangas rasgadas y rotas.

En el suelo.

En el cuerpo en el suelo.

Empezó a cruzar la calle corriendo, pero unos fuertes brazos la agarraron. "No", dijo una voz de barítono profundo, "si no quieres que te atrapen, aléjate. Sólo es Carlos".

¿Sólo es Carlos? ¡Dios! Se giró para ver a José, un chico mayor que estaba a menudo en el refugio. ¿Cómo pudo decir eso? El dolor apuñaló a Hannah con tanta fuerza y profundidad que se dobló. Quería gritar. Golpear a alguien. Correr. Hacer algo, cualquier cosa que le quitara el dolor. Pero sabía que no debía hacer nada de eso. Joseph tenía razón. No podía arriesgarse a llamar la atención de las autoridades, así que se dio la vuelta y volvió dando tumbos por el parque, dejando que sus lágrimas corrieran en un río caliente por sus mejillas.

Con el pecho agitado por el esfuerzo y la emoción, Hannah se detuvo en el banco donde habían pasado la noche; Carlos la abrazaba contra él, su calor penetraba en las finas capas de su ropa. Haciendo que se sintiera segura. Reconfortada. Casi feliz. Donde él le había dicho que sería su amigo. Para siempre si ella quería. Y que se aseguraría de que nadie volviera a hacerle daño.

Ahora él se ha ido y también su esperanza.

Hannah se sentó para recuperar el aliento. Abrió su mochila para coger un trapo con el que limpiarse la cara destrozada y vio su oso; el oso de peluche marrón y raído al que le faltaba un ojo. Era lo único que le quedaba que la conectaba con una infancia buena. La época despreocupada antes de que su padre muriera. Antes de Allen. Frotó la suave tela de la oreja del oso y trató de enderezar la cinta amarilla que se había convertido en un lío arrugado y enredado de tanto meterla en la mochila, sacarla y volverla a colocar. El oso había sido su consuelo durante todos los días, semanas y meses de incertidumbre y peligro mientras vivía en la calle.

Luego había tenido a Carlos.

———

Tres días más tarde, un reluciente todoterreno rojo se detuvo y aparcó junto al muro de hormigón. La mujer del asiento del conductor abrió la puerta, pero no salió. Aunque su rostro estaba en la sombra, Hannah tuvo la sensación de que la mujer estaba triste. Había algo en la forma en que había dado la espalda al sol y apoyado el peso de sus manos en el volante; algo en su silenciosa compostura. Desde su posición privilegiada al otro lado de la calle, Hannah observó cómo la conductora se asomaba a la ventanilla y estiraba la mano hacia una de las velas quemadas.

Tras permanecer allí durante varios minutos, la señora se alejó lentamente. Hannah esperó unos minutos y luego se acercó a la pared, se agachó y enderezó el oso que se había caído de lado. No sabía por qué había decidido poner el oso aquí. El acto no había supuesto un alivio de la horrible y desgarradora pena que amenazaba con destrozarla, pero había cedido al impulso.

Hannah iba todos los días a la pared de granito, limpiando las flores muertas y reordenando las velas y otros animales disecados que quedaban allí. Siempre esperaba ver a la mujer del coche rojo, pero pasó una semana entera antes de que volviera a venir. Esta vez, la mujer bajó del vehículo, trayendo flores que colocó junto a los demás recuerdos. Esta vez, Hannah se acercó para ponerse a su lado. Durante unos instantes, la mujer no reconoció la presencia de Hannah, pero luego se volvió hacia ella. "¿Conoces a mi hijo? ¿Carlos?"

Hannah se encontró con los ojos de la mujer y asintió.

"¿Cómo te llamas?"

Rompiendo el contacto visual, Hannah no respondió. En

las calles, tu nombre estaba tan protegido como tu mochila. Si la gente conocía tu nombre, podía vendérselo a la policía por el precio de un pase en una redada de drogas menor. Entonces la policía llamaba a los padres. Tal vez. Pero si lo hacían, Hannah podría acabar de nuevo con su madre y con Allen. No es que Hannah pensara realmente que esa mujer le deseara ningún mal, pero los años en las calles le habían enseñado a ser precavida.

Hannah ya había adivinado que la mujer era su madre. De la que Carlos había huido, pero no encajaba con la imagen mental que Hannah se había formado cuando él había compartido su historia. Sobre la bebida. Sobre los abusos. Sobre los tocamientos inapropiados. Antes de escuchar eso, Hannah nunca había pensado en que un hombre, o un niño, sufrieran abusos sexuales, pero ciertamente proporcionaba un motivo más fuerte para huir que simplemente huir de una madre que gritaba demasiado. Y ella había entendido por qué él había ocultado sus verdaderos motivos tan profundamente.

"¿Cómo de unidos estaban tú y Carlos?" La pregunta devolvió a Hannah al momento, y se encogió de hombros. Entonces la mujer dijo. "Los vi en el funeral. Cuando te acercaste a presentar tus respetos. Por tu actitud, parecía que lo conocías más que casualmente. No es algo que se pueda ignorar sin más".

"¿Acaso importa?" Hannah miró fijamente a la mujer, su rabia por saber lo que le había hecho a su hijo alimentaba la ira por la injusticia de su muerte. "Se ha ido. Perdido para los dos. Y a ti qué te importa, de todos modos. No es que lo hayas amado. Al menos no de la manera correcta".

La bofetada fue rápida y dolorosa, dejando la mejilla de Hannah escocida. Se miraron fijamente durante un breve instante, y luego la madre corrió hacia su todoterreno, se subió a él y se alejó del bordillo, dejando un reguero de negro en el hormigón y el penetrante aroma a goma quemada flotando a su paso. Hannah se tocó con cautela la mejilla, preguntándose si merecía la reprimenda física. Entonces se echó a reír; una risa que pronto se convirtió en sollozos desgarradores.

Se balanceó y lloró hasta que una mano le tocó el hombro. Se estremeció y se encogió de hombros para evitar el contacto. La mano volvió a tocarla y ella levantó la vista. Era José. "Vamos", dijo él. "Esta noche va hacer mucho frío. Ven al refugio".

Sabiendo que tenía razón, le siguió, apartándose un poco para no tener que hablar. No quería hablar. Incluso cuando los niños venían al pequeño santuario, ella no quería hablar. No quería compartir abrazos. Las ofertas de simpatía amenazaban con agrietar la fachada que intentaba mantener tan desesperadamente. Si se rompía, si se rompía, no estaba segura de poder recomponerse. Sería como Humpty Dumpty, pero destrozado.

Hannah había evitado el refugio de la iglesia de St. Vincent desde el funeral. No quería estar en el mismo lugar con el sacerdote que había dicho todas esas cosas sobre la felicidad de una persona en el cielo, y que había seguido insistiendo en que todo el mundo debía alegrarse de que la persona a la que amaban estuviera ahora allí con Dios. Hannah ni siquiera sabía si Carlos se creía todas esas tonterías. El cielo, y todo lo que representaba, era un concepto difícil para la gente que vivía el peor de los infiernos aquí en la tierra.

Ella lo sabía.

Hannah terminó el guiso que le habían proporcionado los voluntarios del refugio y llevó el cuenco vacío de vuelta al largo mostrador de metal donde una señora mayor con el cabello azul aplastado por una redecilla recogía los platos sucios. Ella, como la mayoría de los demás voluntarios, era bastante amable, pero la mujer sonreía demasiado y hacía demasiadas preguntas, sobre todo si Hannah tenía suficiente jabón o si podían llamar a sus padres. Antes de que la sonrisa de esta mujer se convirtiera en una pregunta, Hannah se dio la vuelta rápidamente, sólo para detenerse en seco cuando vio entrar por la puerta a dos policías uniformados, una mujer joven y un hombre mayor de raza negra. Llamó: "Necesitamos hablar con alguien que haya estado en la escena del tiroteo de la calle Tercera la semana pasada".

Nadie respondió y Hannah sintió una mano en su brazo. Se giró para ver a Joseph, que empezó a llevarla de vuelta a la mesa, susurrándole al oído que mantuviera la calma y no mirara a la policía. Hannah mantuvo la mirada baja y se sentó junto a Joseph. Entonces sintió una presencia junto a ellos y miró para ver unas botas brillantemente pulidas y los bajos de unos pantalones azules. "Usted, jovencita, ¿ha visto el tiroteo?" La pregunta procedía del agente masculino.

Hannah mantuvo la mirada perdida y negó con la cabeza. Entonces le preguntó qué edad tenía. Antes de que Hannah pudiera responder, Joseph le dijo al hombre que se trataba de su hermana menor. Él podía responder por ella. En respuesta a la pregunta de por qué estaba tanto en ese lugar conmemorativo; ¿era el fallecido también un pariente? Joseph dijo: "No. Sólo un amigo. Y mi hermana, bueno, es una maniática del orden. Le gusta ordenar todo tipo de lugares".

En el silencio que siguió, Hannah se atrevió a mirar directamente al oficial, esperando que se creyera la historia de Joseph. Al parecer, lo hizo, pero con una pizca de reserva. El agente los miró a ambos y les aconsejó que buscaran a sus padres y salieran de la calle. Hannah no respondió, pero Joseph sonrió y asintió. "Sí, señor, oficial. Gracias, señor".

Hannah dio un codazo a Joseph para que se detuviera antes de que lo echara a perder. Había conseguido sacarla de un posible aprieto, y ella estaba agradecida, pero no quería que el policía reconsiderara su decisión de marcharse. Cuando él no se detuvo, ella susurró un agradecimiento a Joseph. Luego le dedicó un largo y duro escrutinio, preguntándose si debía alinearse con él por seguridad. Pero, no. Era mayor, más duro que Carlos, y se rumoreaba que estaba metido en las drogas. Aunque José podía engatusar a la policía, Hannah debía mantenerlo a distancia. Una buena distancia. Había hecho una promesa a Angie y a sí misma. Nada de drogas. Sólo la llevarían a un agujero muy oscuro. Uno mucho peor que en el que estaba ahora.

———

Cuando pasaron dos semanas sin ninguna señal de la mujer, Hannah pensó que tal vez no iba a volver. Después del último encuentro, Hannah había sacado el programa del funeral de su mochila y había leído lo que no había podido leer el día que lo habían enterrado: Carlos Ramírez, hijo amado de Marie y Franco Ramírez. Aun así, Hannah se resistió a utilizar el nombre de la mujer. Era más fácil pensar en ella como alguien sin nombre. Una persona con nombre no era capaz de cometer los horribles actos que Carlos había soportado. Al menos, así funcionaba en la mente de Hannah.

En un día gris y desapacible que amenazaba con nevar, Hannah tiritaba de frío mientras limpiaba vasos vacíos, trozos de papel y otros restos que habían caído en el santuario. Entonces oyó el sonido de unos neumáticos en la acera detrás de ella. Miró por encima del hombro para ver la figura familiar que salía del vehículo rojo. Continuando con la tarea de enderezar las velas y los osos de peluche, Hannah no levantó la vista cuando la mujer se detuvo a su lado, permaneciendo en silencio frente al monumento improvisado durante varios minutos. Cuando la mujer finalmente habló, las palabras salieron de su boca como niños pequeños que se quedan dentro de casa demasiado tiempo corriendo. "Cuando Carlos se fue la última vez, fue el empujón que necesitaba. Fui a rehabilitación. Empecé a hacer terapia. Cambié. Quería encontrarlo. Decírselo. Pero el consejero sugirió esperar hasta que estuviera un poco más estable".

Dio un grito estrangulado. "He esperado demasiado tiempo".

"Bueno, buah". Hannah se puso de pie y giró sobre la mujer, que la miró sorprendida y abrió la boca para hablar. Fuera lo que fuera lo que iba a decir, Hannah sabía que sería algo parecido a "¿Cómo te atreves?"

Bueno, ella se atrevió mucho en este momento. "Me cuentas esta triste historia, ¿y se supone que debo sentir pena por ti? ¿Qué sucede con Carlos? ¿Qué pasa con su historia?"

El rostro de la mujer se puso pálido. "¿Cuánto sabes?"

Hannah retuvo su respuesta. Deja que la mujer sufra. Hannah no iba a satisfacer la curiosidad de la mujer, ni su evidente necesidad de algún tipo de dolor compartido. Si es que eso era lo que buscaba. Si no, ¿por qué seguía viniendo? Volvía aquí, donde no pertenecía. Este era el lugar para que Hannah se reuniera con los otros chicos de la calle que habían conocido a Carlos. Que la mujer se reuniera con sus amigos. Si es que tenía alguno.

Hannah se alejó y evitó a propósito a la mujer después de eso. Cuando estuvo junto al muro y vio que se acercaba el coche rojo, se marchó. Podría volver más tarde para limpiar el lugar de la conmemoración. Hannah se sorprendía cada vez que veía a la mujer después de la última vez que habían hablado. Creía que la mujer se rendiría, pero no lo hizo, y Hannah seguía preguntándose por qué. Si la mujer todavía esperaba establecer algún tipo de conexión, bueno, podía olvidarse de esa idea. De ninguna manera Hannah iba a aliviar la culpa de la mujer ofreciéndole compasión. Que se pudra en el infierno.

Entonces, un día la mujer la sorprendió llegando a pie. Hannah estaba recogiendo velas quemadas y no vio a la mujer hasta que estuvo casi al lado de ella. Dejó caer las velas y empezó a alejarse. "Espera", le dijo la mujer. "Por favor. Escúchame".

Hannah ralentizó sus pasos y se detuvo, pero no se volvió.

"Gracias por cuidar de mi hijo. Y, bueno, por cuidar de este lugar".

Hannah no respondió, pero las palabras suavizaron un poco su enfado y las lágrimas brotaron de sus ojos. Sin embargo, esto no iba a ser un momento de Hallmark. No iba a precipitarse en los brazos de esa mujer, con todos viviendo felices para siempre.

"Bueno, eso es todo lo que quería decir".

Hannah oyó pasos que se desvanecían detrás de ella. La mujer se iba. Bien. Tal vez no volvería. Tal vez había dejado de actuar como si realmente le importara. Hannah se enjugó una lágrima que se había atrevido a salir de su ojo, y se alegró de que la mujer no estuviera allí para ver ese signo de debilidad.

El final del otoño se convirtió en invierno y la supervivencia en las calles se hizo cada vez más difícil. Hannah había conseguido hacerse con un chaleco acolchado de una reciente donación a St. Vincent, pero eso y su chaqueta vaquera apenas le proporcionaban mucha protección contra el frío que penetraba profundamente en sus huesos y le dejaba los dedos agrietados y en carne viva. Aun así, la mayoría de los días se acercaba al muro y no volvía a ver a la mujer. A veces, cuando dejaba que una pequeña parte de su corazón se ablandara, se preguntaba si la mujer había encontrado alguna vez la paz. Si alguien en este miserable mundo había encontrado alguna vez la paz.

Los días y las semanas transcurrieron en un borrón y cuenta nueva, tratando de encontrar comida y de mantener el monumento a Carlos lo más ordenado posible.

Ese día, Hannah estaba junto al muro, temblando de frío, enterrando las manos en las axilas para mantenerlas calientes. Todas las flores habían muerto hacía semanas, y nadie traía más. Probablemente porque no había ninguna para recoger en los parques, y ¿quién podía comprar flores cuando no podía comprar comida? Miró la grieta en la acera. Se había hecho más profunda, más ancha, como si lo que quedaba de su amigo pudiera por fin colarse y escapar del dolor, de la desesperanza de los que venían aquí. "Carlos", susurró, "no sé qué hacer. No puedo sobrevivir otro invierno en las calles. Por favor. Si hay algún fragmento de tu espíritu aquí, ayúdame".

Entonces empezó a nevar. Suaves y hermosos copos que caían lentamente, y Hannah levantó la cara para dejar que le cubrieran las mejillas, la nariz y la frente. Recordaba haber hecho eso cuando era niña. Lo mucho que disfrutaba haciéndolo. Jugar al aire libre con su madre y su padre, atrapar los copos de nieve con la lengua y construir personas de nieve; hombres y mujeres y niñas. ¿Era posible recuperar la paz y la alegría que la familia había compartido entonces? ¿Antes de que él muriera y su vida se convirtiera en un infierno?

¿Qué se necesita?

¿Una simple llamada telefónica? Eso es lo que siempre decía la señora de cabello azul de St. Vincent. Sólo llama a tus padres. Ellos se preocupan. Llámalos.

Hannah consideró las palabras que había escuchado con cada porción de pastel de carne y puré de patatas. "Tu mamá y tu papá te quieren, cariño. Sólo llámalos".

¿Debería?

¿Y si Allen siguiera allí? ¿Y si nada hubiera cambiado?

Durante varios minutos, Hannah permaneció absolutamente inmóvil, dejando que la nieve la cubriera con grandes y suaves copos mientras pensaba. Luego se dio la vuelta y caminó hacia el refugio y el teléfono.

Si Allen respondía, ella colgaba. Si su madre respondía y Allen seguía allí, colgaba. Una cosa que Carlos le había enseñado era que es estúpido volver a lo que se huyó en primer lugar.

Sólo volvería si fuera seguro.

Querido lector,

Esperamos que hayas disfrutado leyendo *Más allá de la acera agrietada*. Tómese un momento para dejar una reseña, incluso si es breve. Tu opinión es importante para nosotros.

Atentamente,

Maryann Miller y el equipo de Next Chapter

ACERCA DE LA AUTORA

Maryann Miller es una galardonada autora de numerosos libros, guiones y obras de teatro. Comenzó su carrera profesional como periodista, escribiendo columnas, artículos de fondo y ficción breve para publicaciones regionales y nacionales. Algunos de los premios que Miller ha recibido por sus escritos son el Page Edwards Short Story Award; el New York Library Best Books for Teens Award; el primer puesto en el concurso de cuentos y guiones de la Houston Writer's Conference; el puesto de semifinalista en Sundance; y el puesto de semifinalista en el Chesterfield Screenwriting Competition.

Stalking Season, el segundo libro de su serie Seasons Mystery fue elegido para el premio John E. Weaver Excellence in Reading para Misterios de Procedimiento Policial. *Doubletake*, fue galardonado como el Mejor Misterio de 2015 por la Asociación de Autores de Texas.

Los títulos publicados anteriormente con Next Chapter son: ***Evelyn Evolving***, ***One Small Victory*** and ***One Perfect Love***.

Miller puede ser encontrada en su sitio web, en Twitter y en Facebook.

Más Allá De La Acera Agrietada
ISBN: 978-4-82410-075-7

Publicado por
Next Chapter
1-60-20 Minami-Otsuka
170-0005 Toshima-Ku, Tokyo
+818035793528

18 septiembre 2021